突然の

昨晩の激しい雨のせいか、灼くる風が治まった八月の後夜。

死神、八雲と浅彦は人間を黄泉へと導くための儀式を終えて、千鶴と一之助が待つ屋敷に戻ってきた。

「お疲れさまでした。今日はお時間がかかったのですね」

ふたりの気配を感じた千鶴が玄関に迎えに走ると、八雲はうなずく。

「連日の暑さもあって、体力がない者の旅立ちが増えている。なんにせよ、決まっていた期限なのだが」

千鶴は八雲に出会い、人間の死の時刻が生まれたときにあらかじめ決められていると知った。

死は悲しいものであるのに変わりはないが、黄泉へと、そして次の世へと魂を導く彼らの姿を見ているうちに、死は抗わずに受け入れるべきものなのかもしれないと考えるようになっている。ただ、そのときを前にして取り乱さない自信はまったくないのだけれど。

「千鶴さま、一之助は寝ていますか？」

「はい。昨晩は雨音がすさまじくて寝付けなかったようで、今はぐっすりと。おふたりも体が冷えましたね。すぐに湯浴(ゆあ)みの準備をいたします」

千鶴は、一之助を気遣う浅彦の質問に答えてから風呂場へと向かった。

母を失ったあと情緒が安定しない一之助だが、最近は弾(はじ)けた笑みを見せる時間のほうが長くなっている。

母代わりとして慕われている千鶴はもちろんのこと、八雲も常に気にかけているし、浅彦はまるで一之助の友のように、ともに遊び大きな口を開けて笑う。皆が一之助の心の傷を癒やしたいと思っているのだ。

風呂の準備を済ませて八雲の部屋の前で膝をつくと、待ち構えていたかのようにスーッと障子が開いた。

「湯浴みの準備が整いました」

「ありがとう。千鶴」

「はい」

立ち上がって返事をすると、八雲がなぜかじっと見つめてくる。

「お前は眠ったのか？　私たちの心配はありがたいが、お前が倒れては困る」

千鶴がこの屋敷に生贄(いけにえ)の花嫁として訪れるまで、愛という感情を知らなかった死神の言葉とは思えない。頬が自然と緩んだ。

「はい。きちんと休んでおりますからご心配なく」

本当は、篠突く雨を見ながら八雲たちの心配をしていたことは口に出さず、にっこり微笑んでみせた。

しかし八雲は怪訝な視線を向けてくる。

「お前の嘘はすぐにわかる。一之助が起きたら浅彦に預けてしばし休め。これは命令だ」

ピリッと引き締まった声で告げてから離れていく八雲の背中を見ながら思う。

――心配がすぎますよ。

実家が没落し、使用人として働いていた三条家ではこれほど大切にしてもらった記憶がない。それどころか、流行風邪を抑えるために生贄の花嫁として差し出されて、命すら軽く扱われた。

それなのに、今は少し疲れた顔をしているだけでこの心配だ。しかも休まなければならないように〝命令〟という言い方までする。

千鶴は八雲の過保護なまでの心配に戸惑いながらも、心地よさを感じた。

自分と同じか……。

人間に疎まれながらも、八雲や浅彦が死神としての役割を果たす姿をやきもきしながら見守っているのと同じ。どれだけ心配無用だと言われても気になるのだろう。

「あっ、朝食の準備」

千鶴は幸せな気分に浸りつつ、台所へと足を進めた。


広間に膳を運び終えた頃、八雲に続いて湯浴みをした浅彦が顔を出した。

「一之助、まだ寝ているようで」

「そうですか。さすがにそろそろ起きないとまた夜眠れませんから、起こしてまいりますね」

浅彦にあとの準備を託して一之助が眠る奥座敷へと急ぐ。

「一之助くん」

着物をはだけさせて大の字で眠りこける姿に笑みがこぼれる。母を亡くしたばかりの頃は、布団の中で縮こまって眠っていたからだ。

暑いせいもあるのだろうが、無防備な姿でも安心できる場所なのだろう。

「一之助くん。お食事ですよ」

もう一度声をかけると身じろぎしたものの、起きる気配はない。

千鶴は一之助の艶のある髪に手を伸ばして撫で始めた。昨晩、雨の音に慄き離れようとしなかった彼の頭をこうして撫でていたら、安心したように眠ったのを思い出しながら。

「かわいいわね」

八雲や浅彦が大切にするのがわかる。最初は親に邪険に扱われて死を望む彼を助けなければと思っただけかもしれない。けれども、胸に痛みを抱えながらも健気に生きる一之助は純粋に愛おしい存在なのだ。

一之助の成長は千鶴たちの楽しみでもある。

この屋敷に来て一之助に会うまで、子を育てる自分など想像したこともなかった。

女学校に通っていた頃は、同級生たちが親の決めた婚約者のもとに嫁ぐ姿を見て、自分も近い将来見知らぬ誰かに嫁ぐものだと思っていた。

とはいえ、千鶴の周辺でまだ子を授かった友がいなかったのもあり、今ひとつ自分に差し迫ったものだとは考えられなかったのだ。

けれども、八雲の妻となり一之助の成長を目の前で見ていると、八雲との間に子ができたら幸せだろうなとしばしば考えるようになっている。

「子、か……」

千鶴は無意識に自分の腹に手をやった。

八雲に嫁いでもう一年以上経った。人間と死神というありえない組み合わせの夫婦ではあるけれど、今の生活にも満足している。でも、子供を授かれたら……味わったことがない幸福を感じられるのではないだろうか。

そんな期待が千鶴の胸にずっと渦巻いている。ただ、自分たちの間に新しい生命が宿るのかどうなのかもわからなかった。

「一之助くん、朝ご飯ですよ」

「ん……」

一之助はかすかな声をあげる。聞こえてはいるようだ。

「芋粥、全部食べてしまいますよ」

「駄目！」

勢いよく飛び起きた一之助を見て、千鶴はくすくす笑みを漏らした。

それから十日。

その日も太陽が西に傾く頃まで雨がしとしと降っていたが、一転晴れ間が覗くと、待ち構えていたかのように一之助が庭に飛び出した。

木々の若葉から滴る青時雨を手に受け止めて遊び始める彼は、元気いっぱいだ。

「千鶴さま！」

「どうしたの？」

「見て見て！　映ってる。どうして映るのかな？」

庭にできた水たまりに周囲の景色が映り込んでいるのを興味深げに覗き込む一之助

に、千鶴の心は和む。

　自分も幼い頃、こうして様々な現象に興味を持ち、母を質問攻めにして困らせていたのを思い出したのだ。

「うーん。どうしてかしら？」

　一之助は近くに落ちていた木の棒で水たまりをつつき始めた。

　本当なら同じ歳(とし)くらいの友人とこんな話をして笑い合うのかしら？

　子爵の称号を賜っていた正岡(まさおか)家ではしつけは厳しく、言葉遣いや所作の上品さを常に問われた。とはいえ行動を制限されるようなことはなく、近所の友人とこうして無邪気に遊んでいたっけ。

　千鶴は幼い頃を懐かしみ、心地よい風が吹いてきた空を見上げた。

　一之助にも語り合える友がいたらいいのに。

　死神の屋敷ではそれも叶(かな)わない。それなら弟妹(きょうだい)ができたら、寂しくないかもしれない。

　ふとそんなことを考えて、再び一之助に視線を戻す。

「あっ、袖が濡(ぬ)れていますよ」

「えへへ」

　悪びれもしない一之助の笑みに、千鶴は噴き出した。

その晩も、八雲と浅彦は儀式のために小石川(こいしかわ)の街へと向かう。

「いってらっしゃいませ」

「あぁ」

八雲は千鶴が結った髪を揺らしてうなずいた。

「千鶴。一之助を頼んだぞ」

「かしこまりました」

死神である八雲や浅彦の力になりたいと思っても、こうして留守を預かるくらいしかできない。けれど、一之助をひとりで残していかなければならなかった頃より、ずっと心の負担が減っていると浅彦が教えてくれた。

ふたりを送り出したあと、遊び疲れてふらふらしている一之助のもとに戻る。

「布団に入りましょうね」

「まだ遊ぶ！」

「もう目が半分閉じていますよ。また明日」

渋々うなずいた一之助は、布団に入って千鶴の手を握ると、あっという間に夢の中に落ちていった。

一之助の着物のほころびでも直そうと思いながら廊下に出ると、なにかの気配がして顔がこわばる。

以前、死神の松葉に連れ去られた記憶がよみがえったのだ。

あれから松葉は一度も顔を見せないが、死神の屋敷に出入りできるのは死神だけ。千鶴たち人間は死神の体に触れていなければ、こちらの世界には入ってこられない。

やはり、松葉がやってきたのだろうか。

一之助を守らねばと、あとずさりながら目を動かして周囲を確認する。

「はっ」

すると、夕刻一之助が遊んでいた木の陰から、老竹色の着物を纏い髪をひとつにまとめた女性が現れたので息を呑んだ。

「誰？」

松葉だと思い込んでいた千鶴は腰を抜かしそうなほど驚いた一方で、屈強な体つきの松葉ではなく、自分と同じような背丈ですらりと細い女性の姿にどこか安堵もしていた。

いや、彼女は死神のはずだ。警戒を解いてはいけない。

千鶴は一瞬緩みそうになった気を引き締め直す。

彼女は、黒目がちな大きな目を細めて口を開いた。

「驚かせてごめんなさい。私は翡翠と申します」

「翡翠、さん……」

柔らかな笑みを浮かべて名乗る翡翠が悪い者には見えないけれど、千鶴の鼓動は速まるばかりだ。

「死神、ですよね」

おそるおそる尋ねると、彼女は小さくうなずく。

「その通りです。でも安心して。危害を加えに来たわけじゃないの」

そう言われたからといって、はいと素直にうなずけるわけもない。

「八雲さまはいらっしゃいません。お帰りください」

なにをしに来たのかわからないが、八雲を訪ねてきたに違いない。いないとわかれば去ってくれるかもしれないと思い、正直に打ち明けた。

「八雲に用はないの。私はあなたに会いに来たのよ」

「私？」

ずっと同じ場所に立ったまま話を続ける翡翠は、警戒心を解こうとしているのか千鶴に優しく微笑みかける。

「そう。人間なんですってね。風の噂で聞いて興味を持ったの。まあ、正直に言うと、死神が心を許した人ってどんな女性なんだろうってね」

翡翠がそう言いながら一歩近づいてくる。

「お帰りください」

「松葉がちょっかいを出したんですって？　ほんと、礼儀知らずな死神。私が代わりに謝るわ」

眉をひそめる翡翠は、体の前で両手を合わせて丁寧に腰を折る。意外な行為に千鶴は慌てた。

「翡翠さんに謝っていただくことではありません。顔を上げてください」

「優しいのね、千鶴さん」

「どうして、私の名前を？」

彼女は名乗ったけれど、用心を重ねる千鶴は口にしなかったのに。

「興味があったから聞いて回ったの。人間の嫁を娶るというのは珍しいから、千鶴さんの存在を知っている死神は多くてね。八雲はここから出たがらないけど、浅彦が周囲の死神とかかわりを持つから、そこから広まったんでしょう」

たしかに浅彦は八雲に命じられて、ほかの死神と会う機会があるようだ。ただ、さほど頻繁にというわけでもないようだけれど。

「八雲は、ほかの死神のことには疎いでしょう？」

「……ええ」

疎いのか口に出さないだけなのか千鶴にはよくわからないが、曖昧にうなずいた。

「死神はあまりほかの者に興味がないのよね。必要な情報は集めても、自分からはかかわりにいかない。でも、人間は違うでしょう？」

女学校時代を思い出したり、一之助に同じ年代の友がいればいいのにと考えていたりした千鶴は、思わずうなずいてしまった。

「私、そういうのが少しうらやましくて」

「うらやましい？」

翡翠は誰かとかかわりを持ちたいということだろうか。そんな感情を持つ死神もいるの？

「私、街に赴くのは嫌いじゃないのよ。儀式のときはもちろん行かなければならないけど、人間の世にはこちらにない楽しみがあるでしょう？」

死神がこんなことを言うとはびっくりだ。

「人間をお嫌いではないのですか？」

「そうねぇ。好きか嫌いかで言えば嫌いね」

口の端を上げたその好意的な表情とは正反対のことを言われて、千鶴の心臓がぎゅうと縮まる。

「でも、死神に嫌悪の感情を持たない人間まで嫌いになる必要ある？　八雲だって人間は愚かだとあざ笑っていたのに、あなたを娶ったのでしょう？」

まったくその通りで言葉を失う。

「私ね、純粋に人間同士のかかわりって楽しそうだなと思って見ていたの。もちろん、愚かな言い争いをしたり、傷つけ合ったりする者は馬鹿だと思ってるけど」

翡翠は正直者かもしれない。

自分とかかわり合いたいのであれば、人間に対するよくない感情は伏せておきそうだからだ。

「そう、ですね」

「死神の世界は退屈でね。話し相手になってくれない？　人間でいう、友というもの」

まさか、死神にそんな要求をされるとは思いもよらず、千鶴はしばし考えを巡らせる。

本当にその言葉を信じてもいいのだろうか。不信感は拭えないけれど、彼女の人懐こい笑顔に警戒心が緩んでいく。

「千鶴さんは寂しくないの？」

「えっ？」

意外な質問に、とっさに返事が出てこない。

「八雲や浅彦、あとは人間の子がいるんですって？　だけど人間の世にいれば、もっとたくさんの友や仲間がいたでしょう?」

翡翠の言う通りだ。女学校には毎日顔を合わせて笑い合う友人がたくさんいたし、決してよい環境だとは言い難かった三条の家でも、使用人仲間たちと話す時間は楽しかった。

この屋敷に来る前のことを考えて、ハッとする。

寂しい、のだろうか。

八雲という自分にはもったいないほどの立派な夫がいて、優しい浅彦もいる。そしてなにより自分を慕い甘えてくる一之助がかわいい。

今の状態に不満があるわけではないのに、『寂しくないの?』と問われて、寂しくないとは言えない。

女学校時代のように他愛もない話で盛り上がったり、父や母にも話せない胸の内を打ち明けたりする友がここにはいないからだ。

「私は寂しいという気持ちはよくわからないの。ずっとひとりだし。でも、人間にはそういう気持ちがあるんでしょう?」

その質問に、千鶴はうなずいた。

友人にまともな別れも告げず女学校を去ったときも、家族から離れて三条家の使用人として働き始めたときも、本当はひとりになると涙がこぼれてしまうほど寂しかった。

　この屋敷に来たときは寂しいという感情よりも恐怖が先立ったが、もう家族や友人に会えないのだと思うと、本当は寂しいのだ。

　ただ八雲たちがいるのに、そうした感情を持つのは失礼だと、寂しくはないと思い込んでいたような気もする。

「死神はひとりでも生きていけるし、そのほうが気楽な者もいる。でも私は、たまには誰かとこうして話がしたいの。毎日儀式しかやることがなくて退屈すぎてね。人間みたいに友がいたらいいなと考えるときがある」

　浅彦が、一之助がここで暮らし始めるまで、儀式の時間以外は同じ屋敷に住む八雲とすらほとんど顔を合わせなかったと話していた。だから、死神はそういう生活があたり前なのだと思い込んでいたけれど、友のいる世界を知らないだけかもしれない。

　そんなことを考えていると、いつの間にか手が届きそうな距離に翡翠が近づいてきていたので、息が止まりそうになった。

「なにもしないから安心して。千鶴さんに手なんて出そうものなら、八雲に八つ裂きにされるもの。もちろん、ちびちゃんにもなにもしない。お願い。友になって？」

　顔の前で両手を合わせる人間のような翡翠に、なんだか気が抜け、安心してしまった。

八雲と浅彦、そして松葉以外の死神に会ったのは初めてだったので身構えたものの、人間となんら変わらない感覚や感情を持つ死神もいるのかもしれない。

「……私で、よければ」

控えめに反応すると、翡翠の顔にたちまち喜びが広がった。

「わぁ、よかったー。これでも緊張してたのよ。伝わらないかもしれないけど」

おどけた調子で言う翡翠は、明るい死神だ。初めて会ったときの八雲とはまるで印象が違う。

人間だっていろんな人がいる。死神もそうなのだろう。

「あの……お茶、飲まれますか？」

千鶴がそう尋ねたのは、死神は本来飲食が必要ないと聞いているからだ。

「いただくわ。人間の食べ物、おいしいのよね。時々仏前のお供えを拝借してきて食べるの」

「え！」

大きな声が出すぎた千鶴は、口を手で押さえた。

「結構問題ないのよ？　旅立った人が食べてくれたのね、と涙を流す人もいるくらいで」

悪びれる様子もない翡翠は、八雲と同じように少し感情が欠けているようにも感じる。

「それはちょっと……。お供え物は残された人たちの死者を悼む気持ちですから」

「だって、魂はもう黄泉に行ってしまって肉体は葬られたあとなのよ。食べられないんだからもったいないでしょ？」

数多くの死者と対峙していればそういう感覚にもなるのかもしれないと、納得することにした。

「そうですね……。とにかくお茶を淹れてまいります。こちらへ」

千鶴は翡翠を座敷に促した。

急いでお茶を淹れて座敷に戻ると、座布団にきちんと正座していた翡翠は、きょろきょろと部屋を見回している。

「どうぞ」

座卓にお茶を置くと、翡翠は軽くお辞儀をした。

「ありがとう。随分こざっぱりしてるのね。人間の家は物があふれてるのに」

「そもそもここは、八雲さまの屋敷ですから」

千鶴は座卓を挟んで彼女の向かいに腰を下ろす。

意外なことを指摘されたが、一之助の部屋はおもちゃでいっぱいだ。ただ千鶴は、こちらに来てから他者との交流がないせいか、さほど物はいらないし欲しいとも思わなくなった。

最低限の器や着物。あとは浅彦が神社の賽銭(さいせん)で購入してくる食材。それで十分だ。

女学校時代は、着物や袴(はかま)、そして髪を結うためのリボンを競うように新しくしては褒め合うということもあった。おいしいビスケットがあると聞けば、友人と学校帰りに買いに行ったりもした。

あの頃と比べるとつつましいと言えばそうなのだが、今のほうが心が満たされている。周囲の人間と自分を比べて背伸びをしなくてよくなったからかもしれない。

翡翠が言うように、気の置けない仲間と会話をするのは楽しかった。でも、勉学も琴や書、和歌といったたしなみも、ほかの仲間からおくれを取ってはいけないと必死だった気もする。

「まあ、そうだけど」

翡翠は納得したのか、湯呑みに手を伸ばす。

「ねぇ、八雲って普段はどんな死神なの？　いろいろ噂は聞くけど、儀式についてばかりなのよね。浅彦を拾ったり、千鶴さんやおちびちゃんを囲ったり、理解できないのよ」

千鶴は翡翠の質問にしばらく考え込んでしまった。どちらかというと儀式のときの死神としての八雲より、そうでないときの彼と多く接しているのだが、ほかの死神とどこがどう違うのかわからないのだ。

　浅彦は元人間なので、自分と同じ感覚を持っているのだろうし。

「そうですね、お優しいです。過保護というか……」

　疲労をすぐに見抜き、休むように命じた八雲の姿を思い浮かべながら言った。

「優しい？　へぇ、八雲がね。不思議な感覚だわ」

　翡翠が現れたときは緊張で顔が引きつったけれど、彼女の反応が女学校時代の友のように親しげで、どこか心地よさを感じる。久々の他愛もない会話に、千鶴の心は自然と緩んだ。

「不思議とは？」

「死神が人に優しくするなんて意外なのよ。私はすべての人間が嫌いなわけではないけど、優しくしようなんて考えたことはないの。そんなことをしたところで、私たちに得があるわけじゃないし」

「そうですね。それでいいと思います。私たち人間は死神の力によって黄泉に旅立てるのに、死を招く悪しき存在だと勘違いしてあからさまに嫌悪をぶつけます。それが申し訳なくて。ですから、優しくしてほしいなんておこがましい」

　千鶴が正直な気持ちを口にすると、翡翠は目を見開いている。

「ふーん。それじゃあ、千鶴さんが八雲に優しくしてほしいとお願いしたわけじゃないのね」

「わ、私が……？　そんな、とんでもない」

自分の懇願を八雲が聞き入れてくれたのだと考えたら、なぜかとても面映ゆくて、むきになって反論してしまった。

「あぁ、人間って結婚したら女は夫の所有物になるのよね。私はまったく理解できないんだけど、だから願いごとなんてできないのかしら？」

とんでもない勘違いをされた千鶴は慌てた。

翡翠の指摘通り、華族などの上流階級の婚姻に女の自由はない。ただひたすら夫にかしずき、姑の言いつけにはふたつ返事しか許されない。爵位を継げる男児を生むことを求められ、子を授からなければ離縁を言い渡される者もあると聞く。

女学校在学中に見初められて結婚していくのがよしとはされているが、その後の人生が皆幸福だとは限らないのだ。

ただ八雲は違う。自分を意のままに操ったことなど一度もない。

「八雲さまは、そのようなお方ではありません。私の言葉にも耳を傾けてくださいます。お優しくしてくださるのは、八雲さまの器が大きいからかと」

「八雲自身の意思だなんて、ますます驚きね。変わり者だと聞いたけど、やっぱりそうみたい」

当初、人間の最期の言葉に耳を傾ける死神は八雲しかいなかったようなので、翡翠たち死神からは〝変わり者〟に見えるのは仕方がない。

「翡翠さんは、どちらの街の死者台帳を預かられているのですか?」

「私は少し遠くだから、話してもわからないと思うわよ」

頰を緩める翡翠は、もう一度お茶に手を伸ばした。

「遠くからわざわざ?」

「預かっている人間の街は遠いけど、死神の世界を行き来するのは簡単なの。空間がつながっているとでもいうか……」

松葉の屋敷に連れ去られたとき、ひとりで門の外に出てもなにもなかったのを思い出した千鶴は、あの先が別の死神の屋敷につながっているのだと理解した。

「そうだったんですね。私、なにも知らなくて」

八雲や浅彦については知ろうとしてきたものの、ほかの死神について深く考えたことがなかった。知ったところで、交流するわけでもないからだ。

「必要ないことは知らなくても。死神にもいろんなのがいるからね」

「いろんなのというのは?」

八雲とこういう話にはならない。千鶴は興味津々で尋ねた。

「そうね……」

顎に手を置いて考える姿は人間と同じだ。

翡翠はしばらくしてから口を開いた。

「例えば松葉のような乱暴者とか、逆に気が弱くて死神らしからぬ者もいるわね」

その死神を思い浮かべているのか、翡翠はくすりと笑みを漏らす。

「人間の世で姿を現したことがないのよ。こっそり行って印をつけて戻ってくる。まあそれだけできれば十分だけど、あえて人間の嫌悪を背負うような八雲とは正反対ね」

「人間のように各々違うんですね。人間でいえば、性格が違うという感じなのでしょうか」

女学校時代にも、いろんな生徒がいたのを思い出した。

学校の成績は〝甲・乙・丙・丁〟の四段階でつけられるのだけれど、すべて甲という優秀な生徒もいた。一方で裁縫や家事などは甲だが、国語や数学は丁ばかりの生徒も。いつも朗らかに笑って会話を楽しむ生徒もいたが、隅で黙々と勉強ばかりしている人もいた。

そういえば、光江は元気だろうか。

千鶴は一番仲のよかった友人の顔を思い浮かべた。

「そうよ。あとは力の差があるかしら」

「力？」

「死神としての能力。浅彦は元人間なんでしょ？　人間も手順を踏めば死神になれるけど、私たちのように死神として誕生した者の力には敵わないのよ。印をつけるのは死神なら誰でもできる。でも、死にゆく者に勘づいたり悪霊を消したり……そうしたことができるようになるためには、浅彦はまだまだ経験を積まなくてはいけないはず」

小石川に悪霊が生まれたとき、たしかに浅彦では手に負えないと八雲が対処した。

「そうでしたか。翡翠さんは、ご両親が死神だということですか？」

最近、八雲との間に子ができたらと考えている千鶴は、ここぞとばかりに尋ねる。

そういえば、八雲の両親についても知らない。

「私は生まれたときから死神の世界にいる。両親はどちらも死神ね」

「八雲さまもそうなんでしょうか？」

「うん。八雲の両親も死神よ。ただ……」

今まで淀みなくすらすらと話していた翡翠は、そこで言葉を止めて千鶴に視線を合わせた。

突然空気が張り詰めたせいで、鼓動が速まっていく。

「ただ？」

「私たち死神は、両親についてはよく知らないの」

「知らない？」

聞き返すと、翡翠は大きくうなずいた。

「私たちは幼い頃に死神としての心得や必要な呪文などを叩き込まれるのよ。それで死神として生きていけるようになったら、儀式が行われる」

儀式と聞き、ハッとした。松葉に血を飲まされて呪文を唱えられそうになったが、ああしたことが八雲や翡翠にもあったのだろうか。

「その儀式のときに、今後死神として必要な記憶以外は清算される。だから八雲も両親の記憶がないはず。浅彦みたいに人間から死神になった者はまた別。人間の間の記憶は消せないから」

「そんな……」

両親の記憶が消されるなんて、残酷なのではないの？

「死神として生きるための性ね。余計な記憶はないほうがいい」

「余計な記憶？　両親の記憶が余計なんですか？」

千鶴の声が次第に大きくなっていくのは、理解できないからだ。

「そうよ。私たちは死神として儀式をこなしながら永遠に生きなくてはならない。死者台帳に縛られるのは人間だけじゃない。死神もなの。嫌になってやめたら幽閉される」

　なんだか怖くなった千鶴は、うつむいて手を強く握りしめた。

「ごめんなさい。怖がらせるつもりはないのよ」

「大丈夫です」

「千鶴さん、優しいのね。人間が死神に迷惑をかけてると思ってるでしょ？」

　動揺を悟られまいと虚勢を張ったものの、どうやら翡翠にはお見通しのようだ。今度は正直に小さくうなずくと、翡翠は続ける。

「だから死神は感情を持たないほうがいい。なんで人間のためにと思いだしたら、面倒だしつらくなる。儀式はなにがあっても遂行するもの。成し遂げられなければ罰が待っている。とてもわかりやすいでしょう？」

　なるほど。罵詈雑言を浴びせてくる人間への嫌悪はあれども、なぜ人間のために自分たちが儀式を行わなければならないのかとはさほど悩まないのかもしれない。自分が幽閉されないため、という大きな理由があるだけなのだろう。

「そうかもしれませんけど……」

「ふふふ。そんな顔しないで。別になんとも思ってないの。死神に生まれたんだから役割を果たすだけ」

　人間はみずからの感情までをも犠牲にした死神に助けられているのだと思うと申し

訳なくて胸が痛むのに、翡翠はあっけらかんと言い放つ。

「ねぇ、私たちのことはいいわよ。それより！　人間って恋をするんでしょ？　恋ってどんな気持ちなの？　八雲に恋してるの？」

身を乗り出してくる翡翠に、今度はたじたじになる。

「そ、それは……」

間違いなく自分は八雲に惹かれている。

親に決められた男性に嫁がなければならない華族の結婚とは違う。八雲からの愛情を感じ、自分もまた離れたくないという強い気持ちの存在に気づいて夫婦の契りを交わした。

でも、『恋してるの？』とまっすぐに尋ねられると恥ずかしくてたまらない。

「耳が真っ赤よ。正直な人ね」

くすくす笑われて、穴があったら入りたい気分だった。

翡翠はそれから八雲たちとの生活について根ほり葉ほり聞いたあと、「またね」と上機嫌で帰っていった。

千鶴は彼女が帰ったあと、一之助の様子をうかがってから自室に戻って布団に潜り込んだ。最初は用心していたけれど、久しぶりに八雲や浅彦、そして一之助以外の者と言葉を交わして、正直心が弾んでいる。

死神の背負う運命については改めて深く考えさせられたものの、八雲たちとの生活では気づけないことを翡翠が教えてくれるような気がした。

それに、彼女との会話は女学校時代の記憶を彷彿とさせる。

光江はどうしているだろうか。

突然女学校を去らなければならなかったため、まともに別れの挨拶もしていない。

「結婚してるだろうな」

女学校在学中に婚姻が決定して退学する者もあとを絶たない。女性に求められているのは学ではなく夫に従順な妻の役割であり、勉学が中途半端であろうがまったく支障はないのだ。

千鶴は昔を懐かしみながら目を閉じた。


翌朝。千鶴が食事の支度をしていると浅彦が顔を出した。

「おはようございます。一之助の寝相、相変わらずですね。今覗いたら部屋の端に転がっていたので布団の上に戻しておきました」

千鶴の隣に立った浅彦は楽しげに口の端を上げる。

「ありがとうございます。昨晩、一度は戻したんですけどね」

翡翠が帰ったあと一之助の様子を見に行ったら、同じような状態になっていたのだ。

「まあ、今は暑いくらいですし、腹を出して寝ていてもそんなに問題はないでしょう。千鶴さま、夜中にわざわざ様子を見に行かれるのは大変でしょうから、起きなくても大丈夫ですよ」

みそ汁をかき混ぜながら浅彦が言った。

「昨晩はわざわざ起きたわけではなくて、夜更かししてしまいましたので」

「千鶴さまが夜更かし？　珍しいですね」

八雲たちを送り出したあとは、一之助の話し相手になる。しかし彼が眠りに落ちればひとりだ。繕いものをしたりはするが、手持ち無沙汰になるため早く就寝することが多い。夜の帳(とばり)が下りて行灯(あんどん)に火を灯(とも)したあとの八雲たちがいない広い屋敷は寂しく、それをまぎらわすには早く目を閉じてしまうのが一番なのだ。

「昨晩は来客があって……」

「来客!?」

浅彦の声が大きくなるのも無理はない。千鶴がここに来てからの来客といえば——客というのもおかしいが——松葉だけなのだから。

「ご心配なく。別に怖くはありませんでしたから」

浅彦の目が転がり落ちそうになっているのを見て、慌てて付け足した。

「松葉ではないんですね？　一体誰です？」

「翡翠さんとおっしゃる女性の死神で――」

「翡翠？　八雲さまのお耳に入れなければ。失礼します」

浅彦の慌てぶりに、もしやいけないことをしてしまったのだろうかと顔が引きつった。でも楽しかったくらいで、傷つけられるようなこともなかったし。

「千鶴さまぁ」

「一之助くん、おはようございます」

浅彦と入れ替わるように、寝ぼけ眼をこすりながら一之助が姿を現した。珍しく起こさずとも起きてきたのだけれど、寝起きはいつも甘えたがる。

千鶴は一旦調理の手を止め、一之助を抱きしめた。

「まだ眠いんですか？」

「うん。でもお腹が空きました！」

首に手を回して甘えてくる一之助は、本当に愛おしい。

「そうね。ご飯にしましょうね」

「千鶴」

そのとき、険しい表情をした八雲がやってきた。すぐうしろには浅彦もいる。翡翠の話を耳にして飛んできたに違いない。

なにか言いたげだったものの、一之助がいるのを見て眉をピクリと上げる。

「支度を頼む」

松葉が屋敷にやってきたときの恐怖を一之助に思い出させたくないのだろう。八雲はそれだけ言って戻っていく。

「千鶴さま、お運びします」

「お願いします」

浅彦もいつも通りの笑顔で膳を運び始めた。

朝食はなんら変わりなく終わり、浅彦と器を片づける。一之助も手伝いという名目で台所をウロウロしながら千鶴の仕事が終わるのを待っていた。遊んでほしいのだ。

「一之助、めんこをやるぞ」

「しません」

気を使っただろう浅彦が提案したが即却下。

「は？　少しは考えろ」

「浅彦さまは飽きましたー。千鶴さまがいいのです」

かといって、特別な遊びをするわけではない。ただけん玉をする一之助を千鶴が褒めたり、一緒に庭先に出て草木の観察をしたりするくらいだ。ようは浅彦ではなく千鶴に遊んでほしいのだ。

「あのなぁ。そういう本音は胸にしまっておくものだ。飽きたって……」

ガクッと肩を落とす浅彦だが、自分も人間であったがゆえ、幼い一之助が母代わりの千鶴を求める気持ちは理解しているはずだ。

といっても、旗本の跡取りだった浅彦も幼い頃から修練を求められたため、母との触れ合いの記憶は少ないという。だからこそ一之助には甘えさせてやりたいと思っているのだ。ただ今日は、千鶴に八雲と話をする時間を与えようとしているに違いない。

「一之助くん。少し八雲さまとお話があるから、浅彦さんと遊んでいてくれないかな？」

どうしようかと考えあぐねた千鶴は、そのまま伝えた。

「えー」

ぷぅっと頬を膨らませる一之助は、「わかりました。浅彦さまと遊んであげます」と実に偉そうな物言いをするので、浅彦はあからさまに眉根を寄せ、千鶴は噴き出した。

「『遊んでもらいます』よ、一之助くん」

「間違えたぁ」

こんな間違いですらかわいらしい。

浅彦と一之助を奥座敷に送り出したあと、千鶴は八雲の部屋へと向かった。

「千鶴です」

「入れ」

　廊下から声をかけるとすぐに返事があり、障子を開ける。どうやら待ち構えていた様子の八雲は「座れ」と千鶴を自分の前に促した。

「浅彦から聞いた。翡翠という死神が来たとか」

「はい」

「なにもされなかったか？」

　死神としての責務を果たす八雲はいつも凜々しい表情をしているが、珍しく顔に不安の色がにじんでいる。

「ご心配をおかけしました。でも大丈夫です。私も最初は警戒したのですが、友が欲しい、ただ私と話したいとおっしゃって」

「友？」

「はい。気の合う話し相手といいますか……。人間にはそうした存在がいることが多いのです。こちらの世で友にと望まれるのには驚いたのですが、八雲さまに嫁いだ人間の私に興味がおありだったようです」

　あぐらをかき腕を組んだまま八雲は黙り込んだ。この沈黙はなんなのだろうと思いつつ続ける。

「私や一之助くんに手を出せば、八雲さまから制裁を受けるのはわかっているとおっしゃって。私も少し女学校時代の懐かしさもあり……」

「女学校？」

「はい。正岡家が爵位返上となるまで、高等女学校に通っておりました。そこには同じ歳の仲間がたくさんいて、勉学にも励みましたが雑談するのも楽しくて」

光江たちと過ごした日々は、今でも千鶴の宝だ。

「なるほど。それでその楽しさを思い出したから翡翠と話をしたと」

責めるような言い方をされ、千鶴はうつむいた。

やはりいけなかったのだろうか。

「申し訳ございません」

「いや、私は謝ってほしいわけではない。千鶴が昔の生活を懐かしんでも構わないし、むしろそれが自然だろう。翡翠と話がしたかったという気持ちは理解しよう」

頭ごなしに怒っているわけではないとわかった千鶴は安堵し、八雲と視線を合わせた。

「こうして千鶴は無事だ。だから結果としてはよかった。ただやはり、翡翠にたくらみがあると考えておいたほうがいい」

「たくらみだなんて」

千鶴は思わず言い返してしまった。

松葉に連れ去られて、気を失うほどの状態になった千鶴を目の当たりにしている八雲の心配はわかる。普段から過保護なくらいなので、過剰に反応しているに違いない。

けれども、昨晩の翡翠からはそのような邪(よこしま)な感情は少しも読み取れなかった。

ふぅ、と小さく溜息(ためいき)をつく八雲は、よく知らない死神と会話を楽しんだことにあきれているのかもしれない。

「八雲さまは翡翠さんをご存じないですか？　翡翠さんは八雲さまや浅彦さんのことを知っていたのですが」

おそるおそる問うと、八雲は口を開いた。

「私はそもそも、ほかの死神には興味がないからな」

翡翠の言っていた通りだ。

「小石川周辺の死神とは何度か顔を合わせている。近くで儀式をしていれば互いに気配でわかるのだ。そうしたときにひと言ふた言、言葉を交わしはするが、あとは特に接触はしない」

八雲からほかの死神についてほとんど聞いたことがないのはそのせいだろう。

「そもそも死神がどれくらい存在しているのか、私も知らない。我々は、死者台帳に則(のっと)り、死にゆく者の魂を黄泉に導くことだけが仕事。千鶴がこちらに来るきっかけとなった流行風邪も、たとえほかの死神の手を借りたとしても抑えることはできない。

死者の数が増えている原因が流行風邪のせいだという話を耳にしようが、なにか手を打てるわけでもないのだ」

それは重々承知している。そもそも死の時刻は決まっているのだから、それを止めろと言われても無理なのだ。

千鶴がうなずくと八雲は続ける。

「だから行き来する意味がない。翡翠という死神は、どこの台帳を預かっていると？」

「遠くだとか。だから、私が聞いてもわからないだろうと言われました」

正直に打ち明けると、八雲の眉間にかすかにしわが寄る。

「そう、か。私より浅彦のほうがほかの死神と接触する機会があるから、もしかしたら知っているかもしれないが……。まあ、翡翠が私を知っているとしたら、誰かから変わり者だと聞いたのだろう」

自嘲気味に言う八雲だが、なにかを考えているかのように視線を宙に舞わせている。

「変わり者、だなんて……」

千鶴は一旦否定したものの、死神になった浅彦も含めて三人もの人間を屋敷に住まわせている死神は、おそらくほかにはいないだろうなとも思う。自分たちの存在が、八雲が注目を浴びる原因になっているに違いない。

「すみません。私のせいでしょうか」

変わり者扱いされるのが癪（しゃく）に障るのであれば申し訳ないと謝ったけれど、八雲はふっと口角を上げる。

「千鶴のせいではあるまい。もちろん、浅彦や一之助の責任でもない。私はそもそも変わり者だからな」

特に八雲が気を悪くしているわけではないと知り、安堵した。

「行き来されないとおっしゃいましたけど、そういえば……八雲さまが人間の最期の言葉に耳を傾けるようになってから、それを真似（まね）する死神が増えたのですよね」

松葉が八雲を気に入らない理由のひとつがそれだったはずだ。周囲の死神が八雲ばかりを慕うのが気に食わないと。

「そうだ。一度、近くの死神に、人間の死に際に長々となにをしているのだと尋ねられたことがある。だから、雑念や無念を吐き出させていると正直に話した。それが広まったのだろう」

しかし、あまり交流することがないのなら簡単には広まらないのではないかと千鶴は疑問に感じた。

「その死神がほかの死神にも話したということですよね。そしてそれを聞いた死神が別の死神に……。そもそもあまり行き来しないのに、どうしてそれだけが広まったのでしょう」

　湧いた疑問を率直にぶつける。すると八雲は「そうだな」と相槌（あいづち）を打った。

「おそらく、多くの死神が求めていたことだったからではないだろうか」

「求めていたといいますと？」

　八雲ですら、あらかじめ決められている死を受け入れず抗う人間は、愚かであさましいと思っていたはずだ。それなのに、その人間の言葉に耳を傾ける行為が求めていたものだとは道理に合わない。

「人間に悪者にされ、罵声を浴びながら儀式を行うだけでは、死神としての自分の存在に価値が見いだせない。我々は淡々と印をつけることだけを求められるのだが、自分がする行為に意味を持たせたいと心のどこかで思っているものなのだ」

　自分がする行為に意味を持たせたい……。

　真剣に聞き入っていた千鶴は、共感した。

　先ほど作った食事も、八雲や浅彦、そして一之助を笑顔にしたいという願いが少なからずある。成長途中である一之助は特に、たくさん食べてすくすく育ってほしいと願っている。

　朝食を作るという行為ひとつでも、ささやかではあるが意味あることなのだろう。

「そもそも死神は、感情を持たないとずっと思い込んでいた。誰かを愛おしく思うことや、悲愴な事態に直面したときに苦しく思うことをお前に教えられなければ、心の中に渦巻くものがなんなのかに気づけなかった」

千鶴は以前、八雲のそうした感情を揺さぶり起こしたがためにかえって苦しめたのではないかと胸を痛めたが、この口ぶりでは気づけてよかったと感じているようだ。

「それは、感情を持っていないのではなく、持っているのに気づかないということでしょうか？」

「そうだ。そうしたものがあるのを知らないのだ。まあ、持たないように育てられるのだが、完全にはなくならないのだろう」

「持たないように育てられる？」

八雲はあいまいにうなずき、「おそらく」と濁す。

「……自分の存在がなんのためにあるのかわからなくなると、永久の命が枷になる。私を真似しだした死神たちは、人の魂の転生を自分が促しているのだという満足感を得たいのだ。そうすることで、死神として生きている自分を認めることができる。普段、感情というものについて深く考えない死神でも、無意識にそうしたものを求めているのではないだろうか。おそらく私も」

千鶴は少し驚いていた。人間の最期の声に耳を傾けることに、死神自身の存在に価値を持たせるという意味もあるとは。

「それで、八雲さまのされている行為が広まったのですね。ほかの死神たちが知らず知らずの間に求めていたものを満たしたから」

なるほど、と千鶴は納得した。人間の世でも、それを求める人が多ければ多いほど一気に広まっていく。そうでないものはどこかで途絶えるものだ。

「あくまで憶測だ。実際のところは本人たちに聞いてみなければわからない……というか、聞いてもわからないかもしれないな。いまだ感情というものに気づいていない死神がほとんどだろうから」

心の奥のほうでは自分の存在価値を求めているのか。なかなか深い思考だ。しかし当たっている気がする。

「ただ、そのようなことはまれだ。みずから別の死神のところをうろつく者はほとんどいない。なにか知りたいことがあるような場合を除いては、自分の世界だけで問題ないのだ。だからこそ、翡翠が訪ねてきた理由が気になる。本当に話がしたかっただけだろうか」

千鶴は八雲の言葉に反論できなかった。

まだこの屋敷に来て一年と少し。知らないことがありすぎる。

けれど翡翠との時間が楽しかったのは事実で、『またね』という彼女の言葉がうれしかった。なくしてしまったと思っていた時間が戻ってきたようで、次を期待せずにはいられなかったのだ。

ただ、松葉との一件があるため、八雲が心配する気持ちもわからないではない。翡翠はおそらくまた訪ねてくるとは言い出せなかった。

千鶴が黙っていると、八雲はふと頬を緩める。

「しかし、千鶴は楽しかったのだろう？」

「……はい。女学校時代を思い出せましたし」

叱られると思ったのに意外な質問だ。千鶴は素直な気持ちを口にした。

「それはそれでよかった。ただし、気を緩めすぎてはならん」

「かしこまりました」

自分の気持ちを汲んでくれる八雲の優しさを感じながら、千鶴は頭を下げた。

小石川に赴いている間に、屋敷に死神が訪ねてきたようだと浅彦から耳打ちされて血の気が引いた八雲は、すぐさま千鶴がいる台所へと向かった。
昨晩、儀式から帰ったとき、いつもは玄関先まで出てくる千鶴の姿がなく、一之助に捕まっているのだと察して部屋を覗きに行った。

すると、一之助は大の字になって寝息を立てていたが千鶴の姿はない。首をひねりながら千鶴の部屋の障子を開けると、彼女は気持ちよさそうに眠っていた。

一之助に振り回されて、自分たちの帰りに気づかないほど疲れたのだろうとそのときは気にも留めなかったが、翡翠という死神と話をしていたため起きられなかったに違いない。

台所で甘える一之助をあやす千鶴が、いつもと変わらない笑顔で挨拶をするのでようやく息が吸えた。

千鶴は無事だ。昨晩寝顔を見たではないか。

八雲は自分に言い聞かせて、一旦食事にした。一之助の前でする話ではないからだ。

しかし千鶴が作ってくれたみそ汁が味気ない。浅彦ならば失敗したのだなと納得するが、千鶴に限ってそのようなことはないはずだ。しかも、まずければあからさまに表情に出る一之助がすさまじい勢いで食べているのを見ると、自分が味を感じられないほど動揺しているのだとわかった。

この屋敷に自由に出入りできたのだから、間違いなく死神だろう。しかし翡翠という名に心当たりはなく、ここを訪れた目的がまるでわからない。

芋粥を飲み込むように体に入れて食事を済ませたあと、落ち着きなく千鶴が部屋を訪ねてくるのを待った。構ってほしい一之助が千鶴につきまとっていたので、呼び出すのを躊躇したのだ。おそらく目配せしていた浅彦が、機転を利かせるだろうという気持ちもあった。

部屋の真ん中であぐらをかいてひたすら待っていると、千鶴がやってきた。

あっけらかんと翡翠の訪問について語る彼女は、『友が欲しい』という翡翠の気持ちを受け入れてしまったようだ。

おそらく最初は警戒しただろう。しかし翡翠の語り口調が柔らかだったのかもしれない。特に恐ろしい思いをしなかった様子の千鶴は、女学校時代を思い出したと笑みまで浮かべた。

『もっと用心しろ。二度と屋敷に招き入れてはならない』と伝えるつもりだった八雲だが、その翡翠という死神だけでなく千鶴もまた、友という存在を求めているのではないかと考えたら強くは言えなかった。

翡翠に対する警戒心はあるけれど、もし本当に千鶴と会話をしたいだけであれば、死神の館という閉ざされた空間で生きる千鶴の息抜きになるかもしれない。

死神にもいろいろな者がいる。松葉のように乱暴で粗雑な死神もいれば、その真逆、物静かで話し声を聞いたことがないような死神もいる。

それは人間でも同じなのだが、もし翡翠が穏やかで優しい死神であれば、千鶴の話し相手としてはよいのかもしれない。

女学生時代を思い出したと話したときの千鶴は表情が優しくて、それをとても懐かしんでいるように見えた。

千鶴のほうから死神の世に飛び込んできたとはいえ、人間の世に帰せばよかったのに、娶って妻にしたのは自分だ。少なからず、人間としての楽しみを奪ってしまったという思いが八雲にはある。

三条家でのひどい扱いについて浅彦から聞いているため、そこでの生活よりはよくなっているのではないかという自負があったが、〝友〟という言葉を出されて八雲はハッとした。死神には仲間同士で語り合いたいなどという感情がまずないため気がつきもしなかったけれど、人間はそうした存在を求めるものなのかもしれないと。

自分が進んで人間とかかわろうとする変わり者であるように、翡翠もまた仲間との交流を望む珍しい死神であってもおかしくはない。もしそうだとしたら……頭ごなしに翡翠を否定してよいものなのかわからなくなったのだ。

ただ、八雲としては警戒を解くわけにはいかない。なんの力も持たない千鶴を守るのは夫である自分の責任だ。

千鶴には「気を緩めすぎてはならん」とだけ伝え、浅彦に翡翠について探らせることにした。

その晩も、次の晩も、八雲は浅彦を伴い小石川に向かった。暑さがこたえるせいで体力がない老人が次々と黄泉に旅立っていく。けれども、もちろんあらかじめ決まっていた期限だ。

「八雲さま、急ぎ戻りましょう」

その日、三人目の老婆に印をつけ終えると、浅彦が急かす。ずっと千鶴が気になっているのに勘づいているようだった。

「そうだな」

これほど気が急くのは松葉との一件があって以来だ。

早足で屋敷に戻ったが、いつもと変わらぬ静寂が漂っていて気が抜けた。

「お帰りなさいませ」

眠っていたのだろう。浴衣の襟元を整えながら玄関で出迎えてくれた千鶴を見て、抱きしめたい衝動に駆られる。浅彦がいなければ、おそらくそうしていた。

二度と千鶴に恐ろしい思いをさせたくない、自分に嫁いだことを後悔させたくない、という気持ちが空回りしている。

「ああ。一之助は寝ているか？」

「はい。今日も元気に遊んだのでぐっすりですよ」

本当は翡翠が訪ねてこなかったか真っ先に問いただしたかった。それなのに一之助についての質問に変えたのは、自分の余裕のなさを知られたくなかったからだ。

八雲たちが会話を交わしていると、気を使ったらしい浅彦が軽く会釈をして離れていった。

「千鶴。今宵（こよい）は私の部屋に来なさい」

といっても、あと一刻もすれば東の空が赤らみ始める。しかし心配が募る八雲は、千鶴をそばに置きたかった。

「かしこまりました」

了承した千鶴を伴い、部屋に足を踏み入れる。

千鶴がすぐに行灯に火を灯してくれた。

「お前はまだ眠り足りないだろう。横になりなさい」

敷かれていた褥（しとね）に千鶴を促した八雲は、着物を着替え始める。

「いえ、お手伝いします」

千鶴と夫婦になり、あっという間にときが流れるようになった。永遠の命を持つ八雲はときの流れなど深くは考えたことがなかったのだが、死を迎えると決まっている千鶴を娶ってからというもの、ほんのわずかな時間でも惜しい。こうして触れ合える機会も大切に思っている。

「来なさい」

着替え終えた八雲は布団に横たわり、千鶴を呼び寄せて腕の中に誘った。

「眠いか？」

「目が覚めてしまいました」

「悪かった」

すぐさま謝罪すると、千鶴はおかしそうに笑みを漏らす。

「人間のために儀式をしてくださっているのに、悪いことなどひとつもございません。それに、私がお出迎えしたいだけですから。こうして八雲さまに触れていただけると、とても落ち着くのです」

「そうか」

その言葉がうれしい八雲は、解かれている千鶴の髪を撫で始めた。八雲もまたこうしている時間が心地よいのだ。

「千鶴。女学校時代の話を聞かせてくれないか？」

「女学校？　そんなことに興味がおありなのですか？」

少し体を離した千鶴は不思議そうに八雲を見つめる。

「女学校にではなく、千鶴に興味があるのだ」

「まあ」

女学生のうちに旅立つ魂もなくはないが、ごくまれだ。そのため、八雲は女学生について詳しくはなく、千鶴の女学生時代を想像できない。

「……高等女学校に通っていたのですが、国語や数学、外国語などを学びます。でもそれより裁縫や家事などの授業が大切だったんです。よい嫁、そして妻になることこそよしとされたので」

「その国語とやらはさっぱりわからぬが、高等女学校というものは華族の令嬢しか行けないと浅彦が話していたな」

「その通りです。華族の令嬢ばかりでしたので、授業参観には嫁探しに上流階級の方々がいらっしゃっていたのですよ。でも、私や友人の光江は嫁には行きたくなくて、顔を伏せておりました」

千鶴がほかの男の目に留まらなくてよかったと安堵したが、娶られていれば生贄の花嫁になるという恐ろしい経験はしなくて済んだのだろうかと複雑な気持ちになる。

「それに、婚姻が必ずしも幸せとは限りません。特に華族の間の結婚では、女は嫁いだ家では自分の意思など持てなくなるんです。ただ旦那さまにお仕えするだけ。……八雲さま、どうかされました？」

しばらく考え込んでいたからか、千鶴が心配げに尋ねてきた。

「いや。嫁に行きたくなかったのだな」

「あっ、すみません。わ、私は八雲さまに娶っていただけて幸せです。その頃は、ということです」

千鶴が大きな目をあちらこちらに泳がせながら、妙に照れくさそうにしている。

「そうか。それならばよかったのだが」

「はい。八雲さまのようにお優しくて妻をいたわってくださる旦那さまは稀有な存在なのですよ」

「大切にできないのであれば、娶る必要はないのではないか？」

八雲は至極当然のことを尋ねたが、千鶴は目を見開いて驚いている。

「そう、ですね。人間は爵位のような地位にこだわるのです。男児が生まれないとその家は爵位返上となりますので、跡取りが欲しくて妻をもらうのです」

死神の世には、死者台帳を統べる大主さまだけが特別であとは皆同じ立場であり、階級のようなものはない。だから八雲には、その地位を守るために結婚をして跡取りを生ませるという気持ちがよく理解できなかった。

ただ、千鶴との間に子ができたら、おそらく幸せな気持ちになるのだろうなという予感が漠然とある。

「人間は難しい」

「お恥ずかしいことに、見栄や欲望を捨てられないのです」

『お恥ずかしい』と千鶴は言うが、華族令嬢として高等女学校に通っていたのに、三条家の使用人となったのだから、彼女にそのような気持ちはないはずだ。

「それで、その光江という者と仲がよかったのだな」

「はい。でも正岡家が爵位返上となって慌ただしく女学校を去ってからは、連絡を取っていなくて。今頃どうしているでしょうね。会いたい——あっ、すみません」

会話の途中で口を閉ざした千鶴は、ばつの悪そうな顔をしている。

「なぜ謝る？　友に会いたいというのはあたり前の感情なのではないのか？　私の妻となったからといって、人間が感じる心まで捨てなくてもいい。光江という友は、千鶴が生贄として私に差し出されたのを知っているのか？」

「いえ。女学校を退学してからは一度も顔を合わせておりません。私が三条家に働きに出たのも知らないはずです」

千鶴の話を聞き、八雲はしばし考えを巡らせた。

「明日、その友のところに行ってみるか？」

八雲が尋ねると、千鶴は勢いよく起き上がりあんぐり口を開けている。

「光江のところに？」

「ああ。会いたいのだろう？　お前が生贄となったことを知らないのであれば、会っても問題ないのではないか？　小石川の人間ではないのだろう？」

「はい。麹町（こうじまち）です。もう結婚して実家にはいないかもしれませんが……行ってみたい」

千鶴が初めて自分の願望を口にしたなと思った八雲は、もっと彼女の胸の内を引き出す努力をすべきだったと自省した。彼女が自分のことは二の次で、他人の心配ばかりしているのを知っていたのに、我慢させていたのかもしれないと。

「それでは行こう。しかし、私はにぎやかなところは得意ではない。千鶴が案内するのだぞ」

「承知しました！」

千鶴の弾けた笑みは八雲の胸を温かくする。これがうれしいという感情なのだと教えてくれたのも彼女だ。

「それではもう少し休もう。目を閉じなさい」

「はい」

千鶴は再び横になり素直にまぶたを下ろしたが、よほどうれしいのかしばらく口元が緩んでいた。

◇◇◇

まさか、光江に再び会えるとは思わなかった。

白無垢（しろむく）を纏いさびれた神社に足を踏み入れたとき、自分の命はここで尽きるのだと覚悟した。もう家族にも友人にも会えないと、涙があふれるのを止められなかった。

しかし、姿を現した死神が八雲であったため、こうして幸せを感じながら生きていられる。

とはいえ、生贄になったはずの自分がおいそれと昔の知り合いに会うことはままならないと思っていたのに。このような機会を与えてくれた八雲に感謝した。

露涼し翌朝。千鶴が八雲とふたりで出かけると知った一之助は、頬を膨らませてご機嫌斜めだったものの、浅彦がうまくなだめてくれた。

そして久々の麹町。

かつて住んでいた家はまだそのまま残っており、今は別の家族が住んでいるようだ。

「ここで育ったのだな」

「はい。父はあの大きな松の木が自慢で、庭師にいつも手入れをさせていました」

そんな話をしながら、蟬（せみ）がけたたましく鳴くこの庭で弟の清吉（せいきち）とよく遊んでいたなと思いを馳（は）せる。

「ここにお前の家族がいないのは残念だ」

「そうですね。ですが過去には戻れません。きっと父も母も弟も、前を向いて歩いているはずです。だから私も、これからのことを考えたいのです」

強がりも混ざっていたが、あえて自分を奮い立たせるのも悪くない。

自分には八雲という素晴らしい夫がいるのだ。過去より未来を見て歩きたい。

「お前は相変わらず強い。たまには弱い姿を見せてもよいのだぞ」

海松色（みるいろ）の着物を着こなす八雲は目を細める。

「そうします。八雲さまが受け止めてくださいますよね」

しっかり目を見つめて問うと、八雲は驚いたように目を見開いたものの、すぐに頬を緩めた。

「そうだな。もちろんだ。さて、光江の家は近いのか？」

「もう少し歩いた先です。毎日のように行き来したなぁ」

あの頃と変わらない風景に、そんな言葉が漏れる。

どこからともなく聞こえてくる風鈴の音も、道にせり出すようにして実がなり始めた花梨（かりん）も、千鶴の記憶に刻まれているものと同じだ。

「友というのはそれほど会っても飽きないのか？」

「はい。八雲さまだって浅彦さんと毎日顔を合わせても飽きていらっしゃらないでしょう？」

「いや、飽きたが」

即答する八雲に噴き出す。

浅彦が聞いたら思いきり眉をひそめそうだ。でも、きっと本音ではない。

「よく一緒にお気に入りのビスケットを買いに行きました。お土産に清吉の分も買うのですが、光江と一緒だとうっかり全部食べてしまったり……」

もちろん清吉にはなにもなかったように振る舞ったが、かわいそうなことをした。

「ほかには……女学校の授業でわからないことがあると、どちらかの家で一緒に勉強していました。途中でおしゃべりに変わってしまって進まないのですが」

わからないことは教え合い、乗り越えてきた。光江は数学が得意でよく助けてもらったのを覚えている。

「そうか。楽しかったのだな。今日は笑顔が一段と輝いているぞ」

そんなつもりはなかったのだけれど、懐かしく、そして楽しい思い出があふれてきて、勝手に頬が緩むのだ。

「すみません。お屋敷での生活も楽しいですよ？」

千鶴が慌てて付け足すと「気遣いは無用だ。楽しいものは楽しいで構わない」と八雲に笑われてしまった。

男爵の称号を持ち宮内省に勤める父がいる光江の家は、千鶴が住んでいた家と同じ瓦屋根の立派な建物だ。大きな蔵もある。

桃花色(ももはないろ)の百日紅(さるすべり)が咲く庭の向こうから泣き声が聞こえてきた。

「赤ちゃん？」

甲高く、それでいてか細い泣き声は次第に大きくなり、別の話し声もする。

「はいはい。お庭がいいのよね。お部屋の中はどうして嫌いなのかしら？」

「光江だ……」

この声は光江だ。毎日聞いていたので間違いない。懐かしい友人の声に、どうしたって胸が高鳴る。

「声をかけてみたらどうだ？」

「でも……」

八雲はそう言うが、いいのだろうか。死神といっても、こうして姿を現し街を歩いている姿は人間となんら変わりない。しかし八雲は、儀式のとき以外はこちらの世に来たがらず、千鶴が死神の屋敷に住み着いてからは、一之助の誕生日を祝うためにおもちゃを買いに出たときのみだ。

「私のことは気にするな。ここで帰っては後悔するぞ」

光江が元気でいるのがわかっただけでも胸がいっぱいなのに、話ができたら幸せすぎてひっくり返りそうだ。

千鶴はそんなふうに思いながらも、八雲の言葉に甘えることにした。

もう少し近づくと、百日紅の花の間から光江の姿が確認できた。

「光江」

思いきって声をかける。すると、不思議そうにあたりを見回す光江の懐かしい姿に笑みがこぼれた。

「光江。ここよ」

「千鶴？　どこ？」

光江は声だけで自分を認識してくれたようだ。千鶴はそれがうれしくて隣に立つ八雲を見上げた。すると八雲は、再会を促すように千鶴の背中を押す。

「光江」

「千鶴だ！」

千鶴がもう一度声をかけると、小さな赤子を抱いた光江がようやく気づいて近寄ってきた。

「光江。久しぶりね」

「元気なのね。よかった」

女学校を追われるようにして去った千鶴を心配していたのだろう。光江の瞳がたちまち潤んでいく。

「玄関に回って。……旦那さま、かしら？　よかったらご一緒に」

八雲に気づいた光江は、彼に軽く会釈して言う。

「ありがとう」

千鶴はそう答えながら、ちらりと八雲に視線を送った。人間との交流は嫌なのではないかと心配したのだ。

光江が一旦離れていったのを見計らい、八雲に声をかける。

「八雲さま、少しお待ちいただいても……？」

「構わない。千鶴が嫌でなければ一緒にいるが」

それを聞き、千鶴の心は躍った。

まだ誰にも夫である八雲を紹介したことがない。死神なのだから当然ではあるけれど、そうした人間であればあたり前にできる行為を認められてうれしかったのだ。

「お願いします。光江、なんて言うかな？」

「ほら、待っているのではないか？」

「はい」

千鶴ははやる気持ちを抑えきれず、足を進めた。

「千鶴！」

立派な玄関から出てきた光江がほろりと涙を流す。それを見て千鶴も感極まってしまった。父の失脚がわかったあの日、「またね」と慌ただしく手を振って別れたのが最後になってしまったからだ。

「元気でよかった。あのあと、家を覗きに行ったのよ。でも、とても声をかけられる状態じゃなくて」

「気にかけてくれてありがとう。そうよね……」

収賄の疑いをかけられた父は身柄を拘束され、警察に家中を捜索されたのだ。近所の人たちが野次馬となって群がっているのには気づいていたが、とても出ていく気にはなれず、心労で倒れた母を看病するので精いっぱいだった。

「まさか、会えなくなってしまうとは思わなくて」

「私もよ」

乳飲み子を抱き、あふれる涙を隠そうとしない光江は「ごめんなさい。よかったら上がって」と千鶴たちを促した。

しかし、さすがにそれはまずい。人間と言われても違和感がない八雲だけれど、死神なのだ。人間の習慣に慣れていない彼の負担になってはいけない。

「ありがとう。でも、近くに用があって懐かしくて覗きに来ただけなの。すぐに行かなくてはならないから……」

「そう。残念。千鶴も結婚したのね？」

光江が八雲に視線を送り控えめに聞いてくる。

「うん。八雲さ……八雲さんです」

『八雲さま』と紹介しそうになり、言い換えた。結婚後、女は夫に頭が上がらなくなるとはいえ、〝さま〟と呼ぶ人は知らないからだ。

「初めまして。吉井光江と申します」

千鶴は、八雲が柔らかな表情で挨拶を交わすのを見て安堵した。

「光江も結婚したのね。おめでとう。光江の子よね？」

彼女の旧姓は中村なのだ。

「うん。この子は四月の初めに生まれたの。女の子、だったのだけど」

少し残念そうに語るのは、跡取りの男の子を望まれていたからに違いない。

「かわいいじゃない」

「そうでしょ？　みちです」

「みちちゃん……」

先ほどは激しく泣いていたけれど、千鶴たちの訪問に驚いているのか目をきょろきょろさせている。

「抱いてみる？」

「いいの？」

「もちろん。首をこうして支えてくれる？」

こんな小さな赤ん坊を抱くのは初めてだ。千鶴は緊張しながら光江からみちを預かった。

「わー、かわいい。小さいね」

「生まれたときは、もっとずっと小さかったのよ」

みちを見つめる光江の優しい眼差し（まなざし）は、完全に母親のそれだ。ビスケットを食べながら笑い転げていた彼女とは違い、どこか余裕を感じる。

「みちちゃん」

腕に抱いたみちに千鶴が声をかけると、強い視線を感じる。八雲が穴が開くほどの勢いで見ているのだ。

幼い頃に病におかされて亡くなる子も少なくない。八雲はそうした幼児のところにも印をつけに行っているはずだ。おそらく初めて見たわけではないだろうに。

「あー、おむつが濡れているわ。母に預けてくるから少し待っててね」

再びみちを抱いた光江は、慌ただしく一旦家の中に戻っていった。

「八雲さま、大丈夫ですか？」

「あぁ、問題ない」

涼しい顔をしている八雲だけれど、無理をしているのではないだろうかと千鶴はやきもきする。

「赤ちゃんを見るのは初めてではないですよ、ね？」

「そうだな。赤ん坊は大概、母の腕の中で旅立つ。当然話はできないから、私たちは姿を消して近づき、印をつけるだけ。だから、儀式のときにまじまじとは見ないのだ」

　あれほど強い視線を送っていたのは、珍しかったからか。

「どうでしたか？」

「なんというか……このあたりが勝手に緩むのだが」

　八雲は自分の頬に手をやる。しかし、この感情の名前を知らないようだ。

「顔がほころぶのですね。そうですね。かわいくて、出会えたのがうれしいという感じでしょうか」

「そうか」

　しきりに感心している八雲がおかしくて、今度は千鶴の頬が緩んだ。

「お待たせしました」

　みちを母に預けた光江がバタバタと走り出てきた。

「千鶴、埼玉(さいたま)に行ってしまったと聞いたんだけど、今は？」

　やはり、三条家の使用人として働いていたことも知らない様子だ。千鶴はことを荒立てないために、あえて言わないことにした。

「今は東京のはずれに。それより光江よ。旦那さまとは縁談で？」

「うん。夫も父と同じ宮内省に勤める男爵家の跡取りなの。それで話が持ち上がって。とてもお優しい方で、母にみちの顔を見せてきなさいって、時々こうして帰してくださるの」

「まあ」

一旦嫁入りしたら実家には帰らせてもらえないことも多いと聞いたのに。

幸せそうな光江の姿に、千鶴の胸は弾む。

「千鶴は？　旦那さま、素敵な方ね」

八雲に視線を送る光江は、当然の質問をしただけだろう。けれども、千鶴は妙な汗をかく。

「私も、縁談で。……お優しいわよ」

本人の目の前で言うのもはばかられるが、優しいという点に関しては嘘偽りない。ただ、出会いは濁さなくてはならなかった。

「そう。子は？」

「まだなの。まだ夫婦になったばかりで」

無意識にお腹に手をやる千鶴は、八雲がこの会話をどんな気持ちで聞いているのか気になる。

「そっか。生まれると大変だから、たくさん楽しんで」

「うん、そうする。そろそろお暇(いとま)するね」

あまり長居して余計なことを聞かれるのもまずい。

「また会えるかな？」

千鶴の腕をつかむ光江は、名残惜しそうだ。それは千鶴も同じ。ただ、『また会える』とはおいそれと口にできない。もう二度とこちらの世に戻ってこないかもしれないのだから。

戸惑う千鶴が黙っていると、八雲が代わりに口を開いた。

「また必ず」

「よかった。楽しみにしてるわよ、千鶴」

「うん。それでは、またね」

女学校を去ったときの、いつもの習慣から口をついた『またね』とは違う。八雲が必ずと約束したのだから、いつかきっと再び光江に会える。

千鶴はそう思いながら、八雲とふたりで元来た道を戻った。

「あれでよかったか？」

「……はい。ありがとうございます」

親友に会えたという感動や、八雲を初めて夫として紹介できたうれしさがある一方で、気軽にこちらの世に顔を出せない寂しさ、もし子を授かっても光江のように里帰りすることができないという現実をはっきりと認識して、千鶴は複雑だった。

「難しい顔をしているな」

「あっ、ごめんなさい。一緒に机を並べていた友人がお母さんだなんて、なんだか信じられなくて」

心の中を見透かされまいと、とっさに嘘をつく。

「そうか。私は千鶴に我慢をさせたいわけではない。また友に会いたければ来ればいい」

「ですが……」

「いや、もう我慢させているな。深い話ができない以上、家族に会うのも難しいかもしれない」

小さな溜息をつく八雲だが、死神に嫁ぐと決めたのは千鶴なのだ。

「八雲さまのせいではございません。せっかくみちちゃんを見て目尻が下がっていたのに、顔が怖いですよ」

「私はもともとこういう顔だ」

千鶴が笑顔で見上げると、八雲はすねている。

「いいえ。私があのお屋敷に行ったばかりの頃はその顔をされていましたけど、最近は違いますよ。……凛々しい八雲さまも素敵ですけど、このあたりが緩んでいる八雲さまはそれ以上に素敵です」

自分の頬に触れながら伝えたものの、照れくさくなってしまい耳が熱くなった。

「そうか。お前にそう言われると……このあたりがムズムズするな。これはどういう感情なのだ？」

八雲は自分の胸に手を置いて尋ねる。

「そ、それは……」

千鶴が言い淀むと、八雲は口の端を上げて話しだす。

「お前が愛おしいということか？」

「ご、ご存じでしたら聞かないでください！」

八雲にからかわれたと知り、恥ずかしさのあまり顔をプイッとそむける。

「千鶴。お前は子が欲しいか？」

「……えっ？」

今までの柔らかい雰囲気から一転、低い声で八雲に問われて答えに詰まる。

「欲しいのではないのか？」

「そう、ですね。八雲さまとの間に子ができたらうれしいです。でも、死神と人間の間にはできないというのであれば仕方がありません。くよくよ考えても、できないものはできないのですから」

本当は八雲との間に子ができたら……と考えることがしばしばある。けれども、死神に嫁ぐと決めたのは自分なのだ。八雲の心に負担はかけたくないと笑顔を作った。

「そうか」

「はい。そうだ！　一之助くんにお土産を買ってもいいですか？　おいしいビスケットを食べさせてあげたいんです」

「もちろん」

重くなった空気を払拭するために明るく言うと、八雲の顔もほころんだ。

それから光江とよく食べたビスケットやあんぱん、ほかには使いこみすぎてボロボロになってしまっためんこなどを手に入れて、小石川の屋敷へと急いだ。

その晩も、八雲に休みはない。浅彦とともに再び人間の世に戻っていった。無論、儀式のためだ。

八雲が死神で魂を黄泉へと導く力があると知ったら、光江は腰を抜かすだろうな。

千鶴はそんなことを考えながら、新しいめんこに興奮して遊び疲れたのか倒れるように眠りについた一之助の頭を撫でる。

「幸せそうでよかった……」

　みちを見つめる光江の優しい目を見られて心からうれしく思った。

　授かったのが男児ではなかったのを残念に思っているようだったが、自分で生んだ子は愛おしくてたまらないのだろう。

　この屋敷に来て初めて顔を合わせた一之助ですら、目に入れても痛くないほどの存在なのだ。きっと大変なことがあっても、みちは光江の心の支えとなるはずだ。

　母親の顔つきになっていた光江を見て、どうしてもうらやましいという気持ちを捨てられない。

　八雲に嫁いで一年以上経ったが、妊娠の兆しはない。死神と人間との間に子をもうけるのは無理なのだろうか。

　千鶴は手をふと止め、一之助を見つめた。

　ただ、もし子を宿したとしても、死神と夫婦の契りを交わして死神の館で生活をしていることを、埼玉にいる家族に知らせることはできない。光江のように、両親に孫を抱かせてあげられない。

　そんな現実を改めて考えると、どうしても眉間にしわが寄る。

　いや……死を覚悟してこの屋敷に足を踏み入れたのにもかかわらず、恐ろしいと思っていた死神から愛を傾けてもらえるばかりでなく、その従者にも親切にしてもらえて、自分の息子のような存在までいる。

これ以上、なにを望むの？

「十分じゃない」

千鶴は自分の気持ちを戒める。

光江のように子を授からなくても、二度と家族に会えなくても、優しい夫を誰にも自慢できなくても……こんなに幸せなのだ。

光江に会えたのがうれしかったのに、贅沢な願望がむくむくと湧いてきてしまった。

でも、悄然とした姿を八雲に見せるわけにはいかない。千鶴は必死に自分の心に蓋をして、それからは笑顔で過ごすように心がけた。

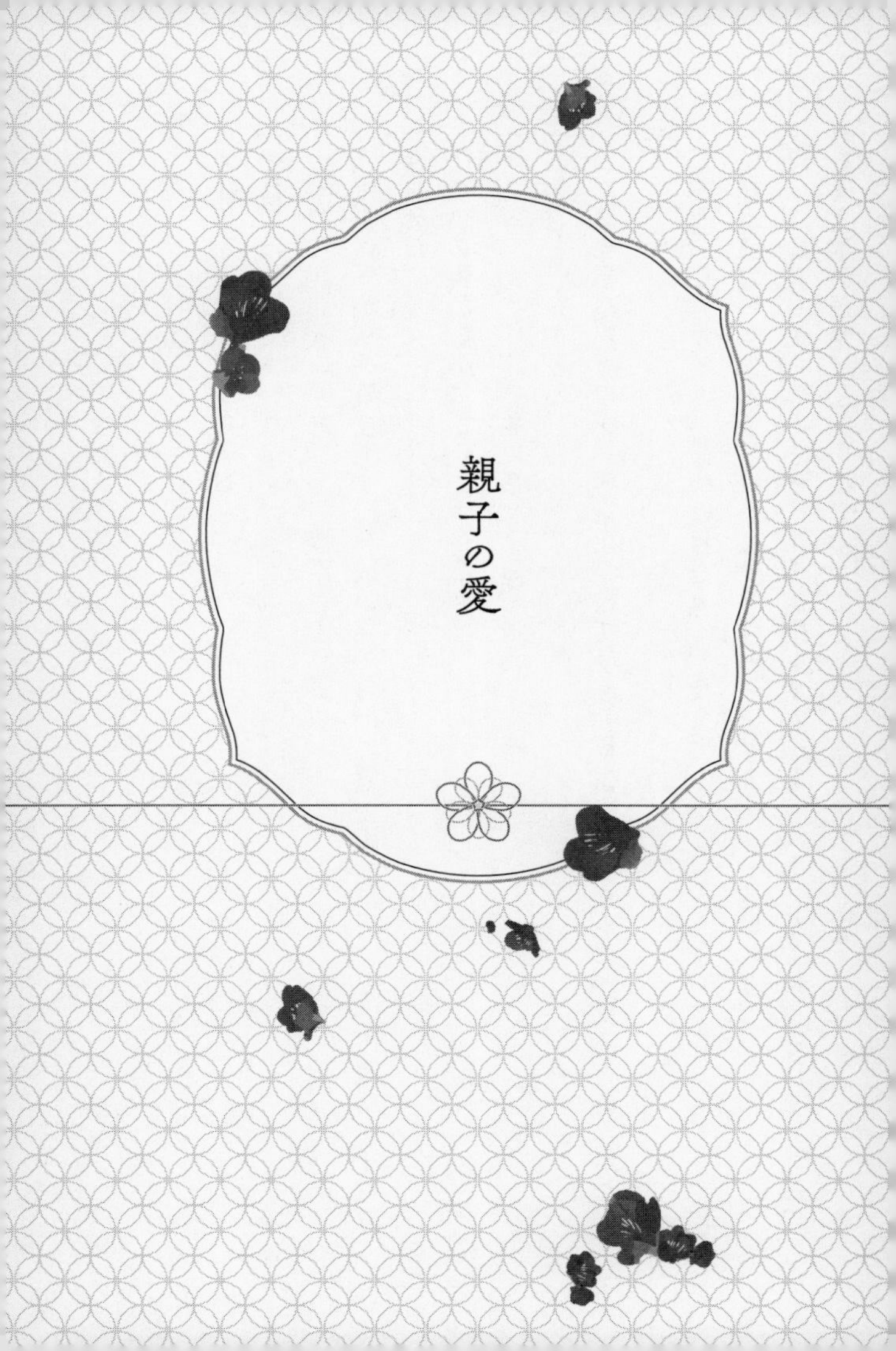

親子の愛

光江の家を訪ねてから五日。

「それではいってまいります」

「いってらっしゃい。あっ……浅彦さん」

風死す昼下がり。噴き出す汗を拭いながら街に買い出しに行くという浅彦を千鶴は引き止めた。

「なにか必要な物がございますか？」

「いえっ、あの……書物は手に入りませんか？」

「書物、といいますと、どんな？」

「いろはを学べるものを。尋常小学校で使う教科書のようなものがあるとありがたいのですが」

千鶴がお願いすると、浅彦は目を丸くした。

「千鶴さまは、当然もう学ばれていますね。とすると、一之助の？」

「はい。成長したら、あちらに戻る選択をするかもしれませんよね。それでしたら、ある程度学が必要だと思うんです」

一之助は会話には困らないものの文字は読めない。彼にはまだ早いのはわかっているけれど、教師に教えてもらう機会がないのだから、少しずつ教えておいたほうがいいのではないかと千鶴は考えていた。

それも、久々に人間の世に戻って光江に会ったせいかもしれない。

「なるほど。そんなこと考えもしませんでした。さすがは千鶴さまだ」

「いえっ」

さすがと言われるようなことはなにもない。

「承知しました。探してまいります。でも、一之助が勉学に勤しむでしょうか？　私も写経は嫌いだったな」

浅彦は遠い目をして話す。旗本家の跡取りだったので、しっかり教育を受けているはずだ。一之助にそこまで求めるつもりはない。

「私は数学が嫌いで。どうしてこんな勉強をするのだろうと毎日思っておりました」

「千鶴さまが？　それは意外だ」

白い歯を見せる浅彦は、「それでは」と屋敷を出ていった。

「千鶴さまー」

どこからか一之助の甲高い声がする。

「ここですよ」

浅彦を見送った玄関から奥へと向かうと、廊下を勢いよく駆けてきた一之助が千鶴の腕の中に遠慮なしに飛び込む。出会って一年と少ししか経っていないが、体が随分大きくなった。子供の成長は早い。

「どうしたの？」

額に汗をびっしょりかいている一之助は、くりくりの目を大きく見開き訴え始めた。

「お庭に黒いのいるの！」

「えっ？　黒いの？」

「そう。ずっとついてくるよぉ」

一之助は有無を言わせず千鶴の手をグイグイ引き、庭へと促す。

「あれ、いなくなった」

縁側で一之助が首を傾げる。

「黒いのって、大きいの？」

「うーんと、このくらい」

一之助が両手を広げてみせるので、虫のように小さなものではないとわかる。

もしかして、死神？

翡翠が訪れたということは、別の死神も入ってくるかもしれないということだ。ただそれにしては一之助が示す大きさが小さいような。

「誰かが来たの？」

「うーん」

悩み始めた一之助は置いてあった草履をはき、庭に飛び出していく。

「いた！」

そして声を大にしてひと言。

「あはははは。それのこと？」

「ついてくるー」

一之助が必死に走り回るのを見て千鶴は大笑いしてしまった。

彼が言う〝黒いの〟の正体は、自分の影だったからだ。

「それは影というものですよ。太陽が一之助くんを照らすからできるんです」

「どうかしたのか？」

笑い声が大きかったのか、八雲までやってきた。

「一之助くんが影の存在に気づいたみたいで。ついてくると必死に逃げているんですよ」

「ついてこないでー」と叫びながら走る一之助を見て、千鶴は目を細めた。

「そうだったか」

八雲が縁側にあぐらをかくので千鶴も隣に正座する。

「いつだったか。遠い昔に影があると気づいたが、一之助のように逃げたりはしなかったな。そういうものがあると思ったくらいだ」

感情というものをよく知らなかった死神らしい返事だ。

「私も逃げはしませんでしたけど……。一之助くんは好奇心が旺盛なのですね、きっと」

影の存在に気づいたのはいつだったのだろうと考えたものの思い出せない。尋常小学校の理科の授業で学んだのだろうか。いや、気づいたのはもっと前か。

「好奇心とは？」

「そうですね。自分の知らないことや珍しいことに興味を持って、もっと深く知りたいと求めることでしょうか」

「そうか」

きっと八雲もあったはず。気づいていないだけだ。

走り回っていた一之助はどうやら今度は落ちていた石に目を奪われたようで、しゃがみ込んでいる。

「次は石みたいですね。先ほど浅彦さんに、いろはが学べる書物をお願いしたんです」

「いろはとは、言葉を文字に表したものだな」

そういえば八雲も文字を読むことができる。それも、死神になるために学んだのだろうか。

「はい。人間は尋常小学校で教えていただくんです。おそらく影についての授業もあったかと。理科という教科で学びます」

八雲には無縁な話ではあるけれど、真剣に耳を傾けてくれる。

「理科、か」

「はい。影はどうしてできるのか。虹は、雨は……などいろいろと。一之助くんは尋常小学校には通えませんから、少しずつ教えておいたほうがいいのではないかと思いまして」

千鶴がそう伝えると、八雲は眉を少し上げた。

「あちらに戻ったときのことを考えているのか？」

やはり八雲に隠しごとはできない。千鶴はうなずいた。

「戻ると決まったわけではありませんが、いざ戻りたいと思ったときに、文字の読み書きや、簡単な計算が必要になります。そうでないと買い物もできませんもの」

そう話す千鶴は、なぜか自分の鼓動が速まっているのに気づいた。

「そうか。やってみなさい。一之助がいろはと向き合うかどうかは怪しいが」

浅彦も気にしていたけれど、やってみなければわからない。女学校で光江たち友人と会話を交わすのは楽しくてたまらなかったが、勉学には好き嫌いがある。苦手な科目では時間が早く過ぎてくれるようにいつも祈っていた。

一之助がいろはに興味を示せばいいのだけれど……。

「千鶴さまぁ。こんなにいっぱい」

「ふふふ。顔に砂がついていますよ」

小さな手で持てるだけの石を持ってきて自慢げに見せる一之助は、この先どんな人生を送るのだろう。

ふとそう考えた千鶴は、彼を優しい目で見つめる八雲もまた同じことを想(おも)っている気がした。

翌日。浅彦が手に入れてきた書物を一之助に見せると、物珍しそうにしばらくパラパラとめくっている。

「千鶴さま、これなあに？」

「これは教科書というものですよ。一之助くんはもう少しで五歳になるわよね。六歳になると尋常小学校に通って学ぶのだけど、ここでは無理でしょう？　そろそろ文字を覚えたらどうかな？　と思って」

そう伝えたものの、「ふーん」と他人事(ひとごと)だ。

「少しやってみましょう」

千鶴は早速、教科書の一頁目をめくる。

「これは〝い〟という文字です。簡単でしょう？」

一之助に尋ねると、彼はかすかに眉をひそめた。

千鶴が一之助に文字を教え始めたが、悪戦苦闘しているようだ。

浅彦に聞いたところでは、じっと座ったままの勉学というのはなかなか退屈らしい。尋常小学校のようにともに学ぶ仲間もいないため、一之助のやる気に火がつく気配はまったくない。

千鶴は浅彦に頼み、石盤を手に入れた。一之助に蠟石を持たせてそれに文字を書かせていたのだが、一之助は蠟石を放り投げて庭に飛び出していった。

「一之助くん！」

「千鶴。叱ってばかりでは一之助も嫌になる」

文字を教えているときの千鶴の顔は険しい。無論、一之助の母親代わりとして奮闘しているのはわかっているが、それだけではないような気もするのだ。

「すみません」

「浅彦に相手をさせる。少し休みなさい」

「……はい」

意気消沈する千鶴が痛々しいが、焦りすぎている。

あちらに帰りたいのだろうか。

離れていく千鶴の背中を見ながら八雲は思った。

そもそも一之助に勉学を授けたいと言い出したのは、麴町の友のところに会いに行ってからだ。

八雲は、一之助が人間の世に戻って生きる道を選んでも構わないと思っている。千鶴もそう考えているはずだ。ただ、それは遠い未来の話で、今まで千鶴も身近には感じていなかったに違いない。それどころか一之助を自分の子のように愛しむ彼女は、離したくなさそうにすら見えていた。それなのに突然、あちらに戻ったときに困らないようにと考え始めたのだ。

赤ん坊を抱いて満面の笑みを浮かべる光江をうらやましいと思ってもおかしくはない。そもそも千鶴は子を欲しがっていたのだから。

人間の世にはここにはない幸福がある。光江のような仲間との交流もそうだし、家族もそうだ。それに、自分たちの間には子を授かる気配はないが、あちらに戻って結婚すればすぐにでも授かるかもしれない。

千鶴が戻りたいのなら手放すべきなのだろうか。

八雲の口から小さな溜息が漏れる。

胸のあたりが痛むのは、苦しいという感情のはずだ。

彼女が黄泉に旅立つときが来ても、再び生まれ変わってくるのを待っていると固く約束した。その気持ちは今でももちろん変わっておらず、八雲はそう望んでいる。

しかし、それが千鶴の犠牲の上に成り立つ約束であったとしたら……。

八雲は目を細めて笑う千鶴の顔を思い浮かべる。

千鶴から笑顔を奪っているのが自分であれば、ひどく残酷なことをしているのかもしれない。

千鶴が自分のことより周囲の者を気遣う女だと知っているだけに、考え込んでしまった。


昼過ぎからの沛然(はいぜん)たる驟雨(しゅうう)から一転。肌にまとわりつくような蒸し暑さを感じる夕刻。湯浴みをした八雲は、儀式に向かうために千鶴に髪を結ってもらった。

「千鶴。一之助を頼んだぞ」

「……承知しました」

歯切れが悪いのは、いろはを覚えるのに飽きた一之助が、部屋にこもってひとりで遊んでいるからだ。

掃除ができないと嘆くほど千鶴のあとを追いかけ回している一之助が、そのような素っ気ない態度をとったのは、千鶴がここに来てから初めてのことだった。

「千鶴……」

「できました。浅彦さんがお待ちかねです」

少々気がかりだったが、千鶴が心配させまいと笑顔を作っているのがわかったため、「ああ」とだけ答えて浅彦とともに小石川へと向かった。

「八雲さま」

「なんだ？」

「千鶴さまですが……」

「わかっている」

浅彦も千鶴の笑顔が作りものだと気づいているようだ。

「そうですよね。なんとなく痛々しくて。一之助を思っての行動でも、一之助にはまだわからないでしょうし」

八雲は浅彦の話を聞きながら考えていた。

一之助の母が旅立つ瞬間にも立ち会った千鶴は、母の代わりに彼を一人前に育てなければと気負っている部分もある。だから今回は行き過ぎているのだろうが、やはりそれだけではないような。

「千鶴は、こちらに戻ってきたいのかもしれぬ」

「はっ？　そんなわけ……」

足を止め、あんぐりと口を開ける浅彦が反論してくる。

八雲もそんなわけがないと思いたい。けれど、あそこまでむきになるのは、おそらく幸せいっぱいの光江に会ったせいだ。

「もしそうだとしても、お戻しになったりはしないですよね」

「そのつもりはないが……」

八雲もどうしたらいいのか考えあぐねているのだ。

そもそも千鶴の胸の内がわからない。問いただしたところで、一之助もいるのに屋敷を出ていきたいとは言わないはずだ。

「次の世でも一緒にとお約束なさったんですよね。絶対に戻さないとおっしゃってください」

顔を赤くして訴える浅彦にとっても、千鶴は大切な存在なのだろう。

「浅彦。一人目はあの家だ。行くぞ」

八雲は浅彦への返事を濁して儀式に向かった。

その日、黄泉に旅立つのはふたり。

一人目の男は老衰で、家族に見守られながら逝った。すでに意識が混濁しており、なおかつ家族が片時も枕元を離れなかったため最期の言葉は汲み取れなかったが、幸せな旅立ちだったのではないかと八雲は感じた。

そして二人目。次はまだ三十前の女だった。女は肺を患っており、寅（とら）の刻の頃に黄泉へと旅立つ。

八雲と浅彦が女の住む長屋前にたどり着くと、その女が胸を押さえて鬼の形相でふらふらと外に出てきた。顔は青白く、頬の肉もげっそりと削（そ）げており、歩き回れるようには見えない。しかし人間には火事場の馬鹿力というものがあるのを八雲は知っていた。

「八雲さま、どうされますか？」

「あと半刻ほど時間がある。思うままにさせてやろう」

死にゆく者が最期に残すのはなにも言葉だけではない。未練を解消するために起こす行動もあるのだ。

うなずいた浅彦と女のあとを追いかける。裸足（はだし）の女は足元もおぼつかなく、途中で何度も倒れるありさまだ。しかしそのたびにカッと目を開いて立ち上がり、とある屋敷の前にたどり着いた。

「武雄（たけお）！」

　このよれよれの姿のどこからこれほど大きな声が出るのだろうと驚くような声で、女は誰かの名を口にする。

「武雄！」

　そしてもう一度。夜の静寂を切り裂くような金切り声をあげた女は、立っていることもままならなくなったのか、その場に頽（くずお）れた。

　やがて屋敷に明かりが灯り、提灯（ちょうちん）を下げた屈強な男が玄関から出てきた。

「なにしに来た」

　死を前にした女の執念のこもったような顔が見えたからか、男は啖呵（たんか）を切っているのに一歩あとずさる。

「武雄！　……ゴホッ」

　もう一度叫んだ女の口からは鮮血が噴き出した。

「な、なんなんだ。もうお前は岡江（おかえ）家には関係ない。帰ってくれ」

　声が小さくなっていく男は、明らかに動揺している。

「たけ……お」

　帰れと言われた女だが、地面を這（は）うように屋敷に近づいていく。

「来るな、帰れ！」

「武雄？」

殺気立っていた女の声が突然柔らかくなった。女の視線の先には五、六歳くらいだろう男児が立っているが、女が恐ろしいのかガタガタと歯の音を立てている。

「武雄、奥に行きなさい」

玄関で立ち尽くす男児は、どうやら恐怖で体が硬直して動けないらしい。

「武雄……。お母さんだよ」

女がそう呼びかけた瞬間、武雄の目は真ん丸になった。

「……違う。お前なんか知らない！　あっちいけ！」

武雄が震える声を振り絞ると、女は悔しそうに唇を嚙(か)みしめる。

男が玄関に入って武雄を抱きかかえ、戸をピシャリと閉めてしまうと、女は力尽きたようにガクッとうなだれた。

「武雄……。あんまりよ……」

力を失った目からポロポロと涙をこぼす女は、いつまでも玄関を見つめていた。

「浅彦」

「はい」

八雲は難しい顔で女を見守っていた浅彦を伴い、近づいていく。すると女はふたりに気がつき、必死に体を持ち上げようとした。

「私は死神。あなたに黄泉に行くための印をつけに来た」

八雲が告げると、女はなぜかくくくと笑う。

「……死神？　ちょうどいい。あの男を殺しておくれよ」

「逝くのはあの男ではなくあなただ。最期だとわかっているからここに赴いたのだろう？」

八雲が問うと、女は視線を鋭く光らせる。

「あぁ、そうよ。道連れにしてやる。死神ならできるだろう？」

女は血走った眼で訴えてくるが、男の死の期限は今ではない。

「それはできない」

「なんでよ。……呪ってやる。死んだら、呪い殺してやる」

女はギリギリと音が聞こえてきそうなほど奥歯を嚙みしめている。

「黄泉に行けばこの世のあれこれは忘れる。今ここですべてを吐き出して、心を軽くしてから逝きなさい。なにがあったのだ？」

八雲は女の前で膝をつき、落ち着いた調子で語りかけた。

「……私は、ほかの男と結婚する段取りになっていたのに、あの男に孕(はら)まされたのよ」

無念の涙をこぼし始めた女は、乱れた髪をかきむしり続ける。

「仕方なくこの家に嫁いだのに、姑からは息子をたぶらかした悪女だと罵られ、一日中働き通しでまるで奴隷だった。生まれた赤ん坊が男だとわかったら、乳を与えるとき以外は抱かせてもらえなくて……乳がいらなくなったら三行半。それからどれだけ頼んでも武雄に会わせてもらえなかった」

人間の世は、なぜか女の地位が低いことを八雲も承知している。この女のように夫から一方的に離縁を突きつけられることも珍しくはないと。

しかしあまりに勝手な男とその家族に、女が憤るのも仕方がないと同情した。

しかも、みずから捨てたわけではない息子に、『お前なんか知らない！』と言われては、いたたまれないだろう。

「私の子なのに。武雄……武雄……」

女は子の名を呼び続け、血がにじむほど強く唇を噛む。けれども次の瞬間、ふと力が抜けたような表情になった。

「幸せに、暮らすのよ」

そして次に放たれたひと言に、八雲は目を瞠る。あんな辛辣な言葉を浴び、『死んだら、呪い殺してやる』と怒りをあらわにした人間の台詞だとは思えなかったのだ。

母だと認められなくても、愛おしいのか？

八雲は女の胸の内をよく理解できなかったが、この女が残念な最期を迎えなければならないことだけは明白だった。

「……報われない人生だったかもしれない。しかし、あなたには呪いなどかけられぬ」

八雲は淡々と事実を伝える。

「なんで！」

すると唐突に声を大きくした女は、屋敷のほうに視線を向け再び大粒の涙を流し始めた。

「なんで私だけ？　あの男に天罰が下らないなら、私が下してやる」

「あなたの悔しい思いは私が受け取った。もう時間だ」

八雲が浅彦に目配せすると、浅彦は着物の袂から小さな容器を取り出して蓋を開けた。八雲は血から作ったそれを指に取り、女の額に手を伸ばす。

「来世では幸せになりなさい」

「うるさい！　武雄を返して！」

女は渾身の力で八雲の手を払った。

けれども、こうした拒否には慣れている。八雲は動じることなく女を凝視した。

「許しなさいとは言わない。ただ、憎しみを抱えたまま旅立ってはあなたのためにならない。置いていきなさい」

黄泉で過ごさなければならない時間が長くなる。

「武雄は私の子なの。なんでこんなことに……恨んでやる」

「すまない。安らかに」

台帳の時刻まであとわずか。女の怨嗟はなくならなかったが、悪霊にするわけにはいかない。八雲は女の額に印をつけて浅彦とともに離れた。

女の無念の最期に感情を乱されただろう浅彦は、屋敷に戻る道中、ひと言も言葉を発しない。

一方でこれまで幾度となくこのような悲惨な死に際に立ち会ってきた八雲は、平然としていた。しかし、それは上辺だけだ。

『武雄は私の子なの。なんでこんなことに……恨んでやる』と涙で顔をぐしゃぐしゃに濡らしながら旅立った女の姿がなぜか頭から離れない。

どうしてここがこれほど痛いのか。

八雲は自分の胸に手を当てて考える。

千鶴と出会ってから、感情というものの存在を知った。知れば知るほど、胸の奥に渦巻いていたそれらが表に出てくるようになり、こうして時折苦しくもなる。

おそらくこれが正常なのだろう。死神は知らず知らずの間に、孤独もいとわず、感情も持たず、が正しいと育てられるのだ。

それにしても……。

八雲の脳裏には一之助の父と母が浮かんだ。理不尽に手を上げ、凍える雪の夜に薄い着物一枚で息子を外に放り出しても気にも留めない親がいる一方で、取り上げられてしまったのに子を想い続ける親もいる。

先ほどの女は『どれだけ頼んでも武雄に会わせてもらえなかった』と話していたが、自分の生んだ子が愛おしかったはずだ。

親にとって子とはどういう存在なのだろうか。そして子にとって親は……。

一之助は叩かれてもなお母の死を悼んだ。しかし、母の記憶がないだろう武雄は、『お前なんか知らない！　あっちいけ！』と母を遠ざけた。

正反対の最期になったこのふたつの出来事は、なにが違ったのか。

八雲にはよくわからなかった。

儀式のあと出迎えてくれた千鶴と閨をともにしたのは、あの女の息子への強い執着を目の当たりにして、無性に自分の子が欲しくなったからだ。突き放されてもなお幸せを願う女を見て、自分の子というのはそれほど愛おしい存在なのだろうなと感じたのだ。

無論、一之助も大切だし、もし新たな命を授かったとしても自分の子と同様に接するつもりだ。千鶴が一之助に弟妹をと話していたが、そうなれば一之助も寂しい思いをしなくてすむかもしれないと八雲も感じている。

ただどれだけそう願っても、死神と人間との間に子が誕生するのかわからない。

そのようなことを考えていたら、うまく寝つけず朝を迎えた。

東の空が黄紅色（きべにいろ）に染まっていく。

腕の中の千鶴は、スースーと規則正しい呼吸を繰り返し、深い眠りに落ちている。

千鶴のためならば、なんでもできる。

常々そう考えているが、子に対する親の気持ちもそうなのだろうか。しかし、一之助の両親は違ったようだし。

八雲は少し混乱していた。

もし千鶴との間に子を授かったら……自分はどう思うのだろう。千鶴との間に子が欲しいと思う気持ちは強いが、千鶴に注ぐ愛情と子へのそれとは異なるものなのかどうなのか八雲には判断できない。自分に両親の記憶がないからだ。

「八雲、さま？」

「起きたか」

千鶴のまぶたがゆっくりと開き、彼女の瞳に自分の顔が映った。

「はい。寝すぎましたでしょうか？」

「私が寝つけなかっただけだ。千鶴……。いや、なんでもない」

八雲は喉から出かかった『私とずっと一緒にいてくれるか？』という質問を呑み込んだ。

光江に会いに行ったとき子が欲しいか尋ねたら、千鶴は『死神と人間の間にはできないというのであれば仕方がありません。くよくよ考えても、できないものはできないのですから』と笑った。けれども、おそらく本心は違う。

もし千鶴が自分との生活より子を授かることを優先したいと思ったら、人間の世に戻りたがるのではないかと考えてしまったのだ。

「なんですか？　気になります」

「愛おしいなと思っただけだ」

八雲が千鶴の腰を引き寄せて額に唇を押しつけると、千鶴の耳朶がたちまち真っ赤に染まった。


朝食を終えると、一之助は一目散に庭に駆け出していく。

千鶴が言った通り、最近の一之助は好奇心というものが旺盛らしく、庭にある木々の葉の匂いを嗅いでは「くっさ」と顔をしかめたり、雨が上がったあとできた水たまりに自分の姿を映して、ニタニタとひとりで笑っていたりする姿をよく見かける。

膳を下げた千鶴は、器の片づけを浅彦に託して洗濯を始めた。

その様子を眺めていると、自分の影と遊んでいた一之助がすっ飛んでいく。いろはを学ぶのが退屈で膨れ面をしている一之助だが、誰よりも千鶴が好きなのだ。

「手伝ってくれるの？」

「うん！」

一之助は自慢げに返事をした。しかし途中で遊び始めて着物を濡らすため、ひとりで遊んでくれていたほうがずっと助かると浅彦がいつも漏らしている。

当然千鶴もわかっているはずだが、一之助との触れ合いを大切にしているようだ。

「それでは、自分の浴衣を洗ってみましょうか」

はたからふたりの姿を見ていると、親子だと言われても違和感がない。それほど千鶴は一之助を大切にし、実母を亡くして心に傷を抱えた一之助もまた千鶴を頼りにしている。

「石鹸(せっけん)をつけすぎですよ」

一之助は浅彦が手に入れてきた石鹸を泡立てて遊んでいる。これが手伝いの目的だったようだ。しかし千鶴は笑い飛ばすだけで、優しい目で一之助を見ていた。

結局はほとんど千鶴が洗ったものの、一之助は自分の小さな浴衣を千鶴と一緒に干して楽しげだ。

「そうだ、一之助くん」

すべての洗い物を干し終わった千鶴は、落ちていた木の棒を手にして地面に文字を書き始めた。

「〝きもの〟はこう書くのよ」

遊んでもらえると思っていたのだろう。一之助は文字について触れられてあからさまに顔をしかめる。

「書いてみない？」

「やだ！　千鶴さま、そればっかり」

途端に眉尻を下げた一之助は、タタッと走って屋敷の中に入っていった。

「どうしたら……」

千鶴は頭を抱えている。

死の間際に我が子に一目会いたいと願う昨晩の女を見て、母というものは自分の子には特別な思い入れがあるものなのだろうと感じた。おそらく千鶴も一之助にそうした気持ちを抱いているに違いない。ただ、やはりやりすぎだ。

八雲は庭先に出ていった。

「千鶴」

「八雲さま……」

千鶴は八雲を見つめて唇を噛みしめる。

「最近のお前は、笑顔が少ない。心から笑っているか？」

「えっ？」

先ほども一之助と楽しそうに洗濯にいそしんでいたが、どこか作ったような笑みだった。いつもそばにいる一之助は、そんな変化に気づいているのではないだろうか。

「一之助は笑っているお前が好きなのだ。この頃、抱いてとせがまなくなったのではないか？」

「それは……」

心当たりがあるのか、千鶴は視線を泳がせる。

「一之助の今後を考えて文字を教えるのは立派だ。だが、本当に一之助の心配をしているだけか？」

「……と申しますと？」

「お前は自分の願望を一之助にぶつけているのではあるまいか？」

人間の世に戻り、光江のように人間の夫を持ち、そして子を授かる〝あたり前〟の幸福を望んでいるのではないかと八雲は問いたかった。

ただ、そうだとしても千鶴を帰したくないという身勝手な願望もあり、はっきりとは口に出せない。

「私の、願望……」

「とにかく、今の千鶴は少しむきになりすぎているように見える。焦るな。誰しも大切な存在には穏やかに笑っていてもらいたいものだ。一之助は千鶴にそれを求めているのだ。もちろん私も」

最後に『私も』と付け足すと、千鶴の目が大きく開いた。

「八雲さまも？」

「そうだ。お前が苦しんでいると私も苦しい。こうした感情はお前が教えてくれたのだ。責任をとれ」

八雲が言うと、千鶴は慌てた様子で深々と頭を下げる。

「申し訳ありません。八雲さまを苦しめるとは思わず……」

「違う。私は嫌だと言っているわけではない。感情というものの存在を知って苦しいこともあるが、それ以上に心が躍ることがあるとわかった。決して知りたくなかったわけではない」

誤解を招くような言い方をしたと反省し、千鶴の目をまっすぐに見つめて続ける。

「千鶴には感謝している。私に心が満たされるという経験をさせてくれるのだからな」

「八雲さま……」

難しい顔をする千鶴の頬に手を伸ばし、白く滑らかなその肌に触れる。

「こうして触れるだけで幸福というものを噛みしめられる。千鶴には笑っていてほしい。私や一之助、そして浅彦もそれが幸せなのだ」

「……はい。申し訳ございませんでした」

瞳を潤ませる千鶴がたまらなく愛おしくて、八雲は彼女を腕の中に閉じ込めた。

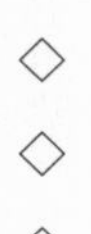

「一之助もそのうち勉学が必要だと理解できるようになる。今は千鶴に甘えたいのだ。甘えられる場所を失ったら、一之助は壊れてしまう」
八雲の腕の中でそう諭された千鶴は、その通りだと自分の行いを悔いていた。
一之助は父や母に捨てられたも同然でここにやってきて、その上母の死に立ち会い……。最期に母の愛を知ったとはいえ、その母はもう二度と会えないところに行ってしまった。
千鶴には爵位や屋敷を失っても励まし合う家族がいたし、三条の家に奉公に出たあとは、使用人仲間が優しくしてくれた。それに……随分前に別れてしまった光江も覚えていてくれて、さらにはまたきっと会える。

そう考えると、幼い一之助の置かれた立場というものはひどく残酷だ。そんな彼が自分を母のように慕い甘えてくれているのに、その大切な場所を奪おうとしていたのだ。

「私が間違っておりました」

「謝らなくていい。千鶴はしばらく心を落ち着けろ。一之助は浅彦に面倒を見させる」

「そんな……」

一之助を取り上げられると知った千鶴は、八雲から体を離して視線を合わせる。

「安心しなさい。一之助には千鶴が必要だ。ただ今は少し離れたほうがいい」

「もう無理やり文字を教えたりしませんから」

必死に訴えたものの、八雲は首を横に振る。

「一之助はずっと父や母の顔色を見て育ってきた。理不尽に叩かれても自分が悪いのだと自分を納得させるしかなかった。だからここに来てからも、私や浅彦の反応ばかりを気にしておどおどしていた」

「……はい」

それは以前にも聞いたが、今の一之助は自分の意思も主張するし、ときにはわがままを言って浅彦や千鶴を困らせたりもする。だからそんな状態であったことが頭から飛んでいた。

「しかし千鶴のおかげで、物怖じしなくなった。多少わがままがすぎて手を焼くことはあっても、私は今の一之助のほうがよいと思っている」

「それは私──」

千鶴は八雲と同じ気持ちだったが、一之助から笑顔を奪いつつある自分にそう言う資格はないのだと悟り、口をつぐんだ。

「千鶴はこちらに来てから走り続けてきた。少し休みなさい。お前の心が穏やかでないと、一之助は全力で飛びつけなくなる。また元の通り、一之助のそばに寄り添ってもらいたいからこそ言っている」

八雲の言葉にうなずくしかなかった。

たしかに最近の自分は少しおかしかった。光江に会ってから、人間の世を強く意識してしまっている。

「私が一之助の様子を見てくるから安心しなさい」

八雲は千鶴の肩をとんと叩いて屋敷の中に入っていった。

「私、なにやってるんだろう……」

小さくなっていく八雲の背中を見つめながら、千鶴は自分に嫌気がさしていた。

八雲や浅彦が死神としての仕事に集中できるように、一之助についてはできるだけ引き受けてきたつもりだ。一之助のことは自分が一番理解していると自負していたのに、八雲のほうがずっと彼の気持ちに寄り添えている。

それにしても『お前は自分の願望を一之助にぶつけているのではあるまいか？』という八雲の発言にはどきりとした。

少し前までは、成長した一之助がここに残るか、人間の世に戻るか自分で選べばいいと考えていた。でも今は……あちらに帰ったほうがいいという気持ちのほうが強くなっている。

八雲は以前、一之助にも人間の世で新たな出会いがあればそれがいいと話していたけれど、是非そうすべきだと思っている自分に気づいた。

光江に会ったからだ……。彼女が幸せそうに子を育てているのを見たから、自分もこんなふうに赤ん坊を腕に抱きたいと強く思った。人間の世にいれば、その願いも叶ったのだろうかと考えてしまった。

おそらく八雲もそれに勘づいていて、ああ言ったのだろう。

八雲との間に子ができないのは仕方がないと自分に言い聞かせてきた。けれども、光江が我が子に注ぐ優しい眼差しを目の当たりにしたら、うらやましいと思ってしまった。

それに……埼玉にいるはずの家族にも会いたい。ただ、もし会えたとしても死神の八雲を夫だと紹介できないのだ。

自分はどうしたいのだろう。

子は欲しい。でも優しい八雲のそばから離れたくない。

相反する気持ちが心の中に渦巻き、完全に自分を見失った。

こんなときに、近くに友がいてくれたら相談できるのに。

ふと翡翠を思い浮かべたけれど、あれから彼女は姿を見せなくなった。いや、もしやって来たとしてもこんな複雑な胸の内を明かせるほど親しくはない。

光江に会いに行ったのは間違いだったのだろうか。感情が安定しなくなったのはあれからだ。

千鶴は、それからしばらく一之助から離れてひとりで過ごすことが多くなった。もちろん、八雲たちが儀式に出かける夜は一之助に寄り添ったが、自分に向けられる笑顔が減っているのに気づいて胸が痛い。

ひどい扱いを受けてきた一之助が次第に他人に心を許すようになっていたのに、再び心の扉を閉じるようなことをしたのは自分だ。

夜の帳が下りて静寂が訪れたあと、眠りに落ちた一之助を抱きしめながら、「ごめんね」と心の中で繰り返した。

幾分か涼しさを増してきた、とある日の夕刻。

千鶴が庭先の掃き掃除をしていると、小石川に買い出しに行っていた浅彦が慌てた様子で戻ってきた。

「ただいま戻りました。千鶴さま、八雲さまはどちらに？」

「部屋にいらっしゃると思いますが、どうかされましたか？」

「いえ……失礼します」

浅彦はなぜか一瞬眉をひそめて、慌ただしく去っていった。

玄関に放置されていた買い出しの荷の中を覗くと、ビスケットが入っている。きっと浮かない顔をしている一之助への土産に違いない。浅彦の優しい気遣いは、一之助に届くはずだ。

それにしても、ビスケットを一之助に届ける前に八雲のもとにすっ飛んでいくとは、なにかあったのだろうか。

妙な胸騒ぎを感じる千鶴は、そわそわしながら掃除を続けた。

「千鶴さま」

掃除を終えた頃、浅彦の声が聞こえた。

「はい。ここです」

玄関から入っていくと、彼がやってくる。

「八雲さまがお呼びです」

「私を？」

「はい」

浅彦の顔が妙に深刻で、緊張が高まっていく。

「あの……なにかあったのですか？」

「……八雲さまからお話があるかと。私は一之助のところに顔を出してきますから」

やはりなにかあったようだ。

「ビスケットがありましたね」

「はい。喜ぶと思いまして」

浅彦は笑みを浮かべたがそれも一瞬で、すぐに真顔に戻った。

「さっきは昼寝をしていましたが、そろそろ起きているはずです。よろしくお願いします」

「承知しました」

浅彦も一之助にかかわれない千鶴のもどかしい気持ちは理解しているようだ。うなずくとビスケットを手に奥へと入っていった。

千鶴は長い廊下を急ぎ足で進んだ。

八雲の話はなんだろう。

「千鶴です」

部屋の前で声をかけると「入りなさい」と返事があり障子を開ける。すると八雲は部屋の真ん中であぐらをかき、難しい顔をして腕組みをしていた。

「座りなさい」

「はい」

正面に置かれた座布団に促されて正座をする。ほんのり温かいのは浅彦が座っていたからだろう、なんて余計なことを考えるのは、緊迫した空気が苦しいからだ。

「先ほど浅彦が、とある噂を聞きつけてきた」

「噂？」

神妙な面持ちで語り始めた八雲は、小さくうなずく。

障子の隙間から吹いてくる生温い風が妙に気持ち悪くて、千鶴は部屋を飛び出したい気分だった。

「一之助の父が、一之助を捜していると」

「お父さまが？」

千鶴の声が上ずっても、八雲は構わずに話し続ける。

「当初、一之助は母と一緒に暮らしているものだと思っていたようだ。ところが、母が亡くなった家には一之助の姿はなかった。しかし戸籍に一之助の名が残ったままだったため、どこかで生きていると考えているようだ」

まさか、一之助に手を上げていた父が彼を捜し始めるとは予想外だ。

傷つけておいて、今さらなに？

千鶴は心の中で叫んだ。

「どうして……」

「一之助の父が、亡くなった母とは別の女を囲っていたのは知っているな」

「はい」

「その女と再婚したのだが、一向に子に恵まれない。一之助の父は、酒癖は感心しないが商売上手な商人だ。小石川で呉服屋を営んでいる。口が達者で顧客には華族もいるようで、随分潤っているとか」

三条家も正岡家も、日本橋や銀座の呉服屋を利用することが多かった。ただ、それぞれの家にひいきにする呉服屋があり、一旦つかまえた客を逃すまいとする店主は、あの手この手で客が他店に流れないようにするものだ。口が達者であれば、そうした引き止めがうまいのかもしれない。

「もしかして……」

「ああ。跡取りが欲しいのだ。今の妻に三行半を突きつけて別の女を娶ることもできるが、亡くなった一之助の母をぞんざいに扱っていたことは街の人間も知っている。

これ以上悪評を広めたくなくて、簡単には離縁できないようだ。評判を落として店に閑古鳥が鳴くようになっては本末転倒だからな」

なぜ女はいつもこんなひどい扱いを受けるのだろう。

元気な女児を生んだ光江ですら、男児でなかったことにうしろめたい気持ちがあったようだが、そもそも子を誕生させるだけで命がけなのに。

しかも、店の評判を落としたくないからと、一之助の体も心もズタズタにした人間が都合よく跡取りとして受け入れたいなんて、信じられない。

千鶴は胸が張り裂けそうになった。

「そんな……。ありえません。一之助くんがどれだけ苦しんだか」

大好きだった父や母から疎まれて、死を乞うほどつらかったはずだ。最期に母に謝罪され、たしかに愛を受け取った一之助は、最近ようやく落ち着きを取り戻してきたところなのに。

一之助を人間の世に帰したほうがいいのではないかと思い始めていた千鶴も、さすがに父のところには行かせたくない。

「そうだな」

「また手を上げられるかもしれないじゃないですか。そんな……。そんなところに……」

涙があふれてきて、それ以上続けられなかった。

「一之助の母が亡くなり、少しは心を入れ替えたようだ。酒の量も減り、今では暴力をふるうこともないらしい」

「だから？　だからといって、一之助くんにした行為は許されるものではありません。それに、これからもお酒を口にしないという保証はないじゃありませんか」

もしや八雲は一之助を父のもとに帰そうとしているのではないかと感じて、むきになる。

「もちろんだ。一之助の体の傷は癒えた。しかし心はまだ傷ついたまま。千鶴のおかげで甘えることを覚えて笑顔が増えたが、胸の奥に刺さった棘（とげ）は簡単には抜けないだろう」

八雲の言葉にハッとした。一之助はようやく甘えられるようになったのに、自分が壁を作ったのだと。

「私……なんてことを」

「千鶴。以前にも話したと思うが、誰しも間違いは起こすものだ。しかしそれを挽回（ばんかい）する機会もある」

一方的に一之助に勉学を押しつけて笑顔を失わせてしまった自分にも、その機会があるのだろうか。

「特にお前は、一之助の将来を考えての行動だった。あるがままの自分を包み込んでほしいという願望を抱える一之助には早かっただけで、いつかは自分から学びたいと思う日が来るかもしれない」

八雲が慰めてくれているのはわかったものの、千鶴は自分の安易な行動を猛省した。

「……はい」

「一之助の父にも挽回の機会があるのかもしれない」

続いた八雲の言葉に、思わず中腰になる。

「八雲さま、本気ですか？」

「落ち着きなさい。もし一之助が、深く反省して酒も絶った父と親子として生きていきたいと望むなら、私たちに止める権利はない」

千鶴は頭を殴られた思いだった。

いくら自分になついてくれても、いわば赤の他人。旅立つ母に愛をせがんだように、一之助の心の中に血のつながった親を恋しく思う気持ちが残っているとしたら、それを止めることなどできないのだ。

「それは……」

「無論、一之助には拒否する権利もある」

そうであってほしい。

「私は、親が子に抱く感情というものをまだすっかり理解できていない。事情があって自分の手で育てられなかった子を死の間際まで求める母がいたが、忘れて生きていったほうが楽だったのではないのか」

そんな死に際に立ち会ったのだろうか。

八雲は、一之助の母が最期に一之助を求めたのも、完全には理解していないのかもしれない。一之助の母を求める気持ちがわかりはしても。

「それが母親というものだと。自分のお腹を痛めて生んだ子は愛おしくてたまらないのだと思います。八雲さまは出産で息絶えた母を見送ったことがあるのでは？」

「ああ、何度も。生み落とした直後にそのときが来るものもいれば、腹の子共々黄泉に向かった母もいた」

生み落とした直後とは……。

たとえ残酷で目をそむけたくなるような瞬間であっても、それがあらかじめ決められた死の時刻なのだから受け入れるしかない。

「そのとき、母は子が無事でいてくれるようにと願いませんでしたか？」

そう問うと、八雲は視線を宙に舞わせて考え始めた。

「たしかに、そう叫ぶ母が多かった。心血を注いで育てた子が愛おしいというのはわかったが、生み落としたばかりの腹の子がそれほど大切なのか？」

八雲にそう問われ、千鶴は深くうなずく。

「母と子はずっと前から出会っているのですよ。お腹の中に宿った瞬間から、自分よりも大切な存在になるのです。たとえまだ顔を見ていなくても、母にとって子はかけがえのない宝なのです」

千鶴は優しい目で我が子を見つめる光江を思い出しながら言った。

実際に生命を宿したことがない千鶴のただの想像ではあるものの、もし自分のお腹に子を授かったらきっとそう考えるはずだ。

「そう、か。難しいものだ。それなのに一之助は傷つけられたのか……」

八雲は混乱している様子だけれど、それも納得だ。それほど愛おしい存在ならば手を上げたり、寒空の中家から放り出したりできるはずもない。

「そこが人間の浅はかさなのだと思います。ときに自分のほうが大切になってしまう」

ひとりで生きていけない幼い子を放り出すなんてあってはならないことだ。とはいえ、おそらく珍しくはないだろう。

「逆はどうなのだ？　一之助は自分に手を上げた母ですら求めた。しかし、母を拒否する子の心情とは……」

難しい顔をして千鶴の話に耳を傾けていた八雲が、気になることを言い出した。

「母を拒否する？　拒否するほど嫌な経験があるのでしょうか？」

「先ほどの女の話なのだが、乳がいらなくなったら三行半を突きつけられたそうだ。その後面会すら許されず、それでも旅立つ前に会いに行ったのだが、子に拒否されてしまった」

切ない旅立ちを聞かされて、千鶴は唇を噛みしめた。

「その子は母の愛を知らなかったのでしょう。お腹の中で子を育て生んだ母に愛があっても、それを受け取った記憶がない子は、たとえ血がつながっていても他人同然。どんな事情があったかはわかりませんが、お母さまが不憫(ふびん)です」

母の意思で子を手放したわけではなさそうだ。会いたくてたまらなかったのに腹を痛めて生んだ子に拒否されたときの心情を思うと、胸が張り裂けそうになる。

「それでは、愛情をかけられたか否かで絆(きずな)の強さが決まるということか？」

「そうだと思います。もちろん母は十月(とつき)もお腹の中で育てたのですから、顔を見る前から情が湧いています。でも子にしてみればその記憶はないのですから、生まれ落ちてからどれだけ愛を感じられたか、なのではないでしょうか？」

千鶴はそう口にしながら、今の一之助に必要なのは勉学ではなく愛情だったのだと深く反省した。

「ならば、一之助の心の中に父から受け取った愛というものが存在したら……」

八雲の指摘に顔が引きつるのを感じる。

たしか父は、商売に成功して酒を浴びるように飲み始める前までは、よき夫で父だったはずだ。その頃の記憶が一之助にあれば……。母を求めたように、父も……。

「でも」

動揺を隠せない千鶴は、視線が定まらなくなった。

「跡取りにしたいと言うならば、もう手を上げるようなことはないだろう。家から追い出すわけもない」

「それは……」

説得力のある八雲の発言に言い返せない。

「一之助に決めさせようと思う」

あっさりそう決める八雲がひどく無情にも思える。

とはいえ、母の最期に立ち会うか否かを一之助自身に決めさせるべきだと主張したのは千鶴だ。しかも、人間の世に帰るときのために文字を教えようとしていたのもそう。

笑顔が減り、抱っこもせがまなくなった一之助は、ひょっとしたら自分と一緒にいるのがもう嫌になっているかもしれない。八雲は挽回の機会があると励ましてくれたけれど、それは希望でしかない。勉学を強制された一之助が、ここにいたくないと思っていたら……。

「……承知、しました」

一之助がいなくなるかもしれないという強い不安で頭が真っ白になった千鶴だったが、そう答えるしかなかった。

儀式がなかったその晩。八雲から一之助に父が捜していることが伝えられた。

千鶴は立ち会わなかったため、一之助がどんな反応を見せたのか知る由もない。八雲に聞けば教えてくれるかもしれないが、喜んでいたとしたら耐えられそうになく、自室にこもっていた。

話を聞いた一之助は、浅彦と同じ褥で眠ったようだ。本来は自分の役目だったはずだと感じた千鶴は、ただ愛されたいと願っていた一之助を自分本位な気持ちで追いつめてしまったのだと絶望した。

眠れぬ夜を過ごした翌朝。千鶴の晴れない気持ちとは裏腹に、山の稜線（りょうせん）から顔を出した太陽は恨めしいくらいに光り輝いていた。

一之助は眠れたのだろうか。案外、父に再会できるのがうれしくてぐっすりだったかもしれない。

そんなうしろ向きな考えしか浮かばない千鶴は、せめて一之助においしい食事を作ろうと台所に向かった。

するとー之助が休んでいた部屋の障子が開いていた。布団は敷いたままだがすでに姿がない。

「一之助くん？」

やはり眠れなかったのかもしれないと、名前を呼びながら辺りを見回した。しかし、かすかに吹く風が庭の木々の葉を揺らす音がするだけだ。

「一之助くん！」

もしや浅彦の部屋かもしれないと思いそちらも覗いたものの、もぬけの殻。

「どこ……？」

朝起きたときに一之助の姿が確認できなかったことなんて初めてだ。

八雲から距離を置くように指示されてからも、こっそり部屋に様子をうかがいに行っていて、布団からはみ出して熟睡している一之助を見て微笑ましく思っていたのに。

妙な胸騒ぎがする。

千鶴は足を速めて捜し始めた。

「一之助くん、どこ？」

何度呼んでも返事もない。

　そのとき、玄関の戸がガタッと音を立てたため、そちらに走る。

「一之……浅彦さんでしたか」

　一之助ではないかと期待したけれど、浅彦だった。

「おはようございます」

「あのっ、一之助くんの姿が見えませんが、一緒に眠っていたのではありませんか？」

　なぜか冴えない表情の彼に駆け寄り、問いかける。

「一緒でした」

「一之助くんは？」

「つい今さっき、八雲さまと一緒に小石川に」

　浅彦の言葉を聞き、一之助は父との生活を選んだのだと察した千鶴は、あまりの衝撃でへなへなとその場に座り込む。

「千鶴さま」

「私のせいだわ。私が一之助くんの居心地を悪くしてしまったから……」

　あふれてくる涙がぽたぽたと土間に落ちていく。

「違います。一之助は千鶴さまを恋しがっています。でも、一之助は自分に自信がないから――」

「それならどうして行ってしまったの？」

浅彦に怒りをぶつけたところでどうなるわけでもないのはわかっている。けれども、感情を抑えられない。

「八雲さまと父のところに向かったのはたしかですが、あちらで生活をすると決まったわけではありません」

八雲は一之助自身にどうすべきか決めさせると話していた。でも、母を求めた一之助の姿を目の当たりにしている千鶴は、一之助が父との生活を望むのではないかと思えて仕方がない。

千鶴は涙を止められず、子供のように声をあげて泣いた。

「どうして最後にひと目会わせてくれなかったの？」

なんの覚悟もないまま目の前から去られた現実を受け止めきれない。八雲への恨み節のような言葉が漏れてしまう。

「八雲さまは、千鶴さまと顔を合わせたら一之助の判断が鈍ると思われたのです。千鶴さまのことが大好きだから」

「それなら行かないで……」

浅彦が慰めの言葉をかけてくれればくれるほど、みじめになっていく。

こうして出ていったということは、一之助は自分を嫌いになったのだ。もうかかわりたくなったのだと聞こえてしまう。

「父のもとに帰ったとしても、会えなくなったわけではありません。それに、八雲さまと一緒に戻ってくるかもしれないじゃないですか」

そうなだめる浅彦の目にも、うっすらと涙が浮かんでいる。

帰ってくるのだろうか。父と過ごした幸せな思い出がもし一之助の心の中に存在するなら、母が旅立ったときのように父を求めるに違いない。

千鶴はひたすら首を振り続ける。

「千鶴さま。どうか落ち着いてください」

自分も声を震わせているくせして千鶴を励ます浅彦が肩に手を置く。

「落ち着いてなんて……」

いられるはずがない。

「失礼します」

浅彦は突然そう言って、千鶴を抱き上げた。

「八雲さまから、くれぐれも千鶴さまを頼むと申しつけられています」

廊下を進む浅彦は、苦しげな表情だ。

浅彦も、一之助がいなくなって悲しいのだ。あちらに戻るのを手放しで賛成しているわけではない。

それも当然か。千鶴より前から一之助を育ててきたのだから。母代わりをしようとしていた千鶴とは少し異なり、面倒見のいい歳の離れた兄のようだった。

「歩けますから」

「いいえ。これくらいさせてくださいい。千鶴さまは一之助の大切なお方ですから」

涙をこらえる浅彦は、そのまま千鶴を奥座敷へと連れていった。

心配する浅彦に頼んでひとりにしてもらうと、全身から力が抜けていく。

「大切な……」

本当に自分は一之助にとって大切な存在だったのだろうか。勝手に母代わりにならなければと思っていたけれど、一之助にとって母は亡くなったあの人しかいないのに。

そんなふうに考える千鶴は、自分の無力さに打ちのめされて頭を抱える。

「一之助くん……。どうして今さら……」

呼び戻すなら、叩いたりしないでよ。つらい思いをさせないでよ!

身勝手な一之助の父への怒りがあふれそうになる。けれど、一之助が戻ってくる気配はなかった。

浅彦が食事を用意して持ってきたものの、とても喉を通らない。

太陽が南に昇り、庭の木々の葉がその青さをいっそう際立たせる頃、玄関の戸が開いて足音が聞こえてきた。

「八雲さま……」

間違いない。毎晩帰りを待ちながら何度も聞いたその音は、八雲の足音だ。しかし、一之助のパタパタという軽快な足音はしない。

八雲のところに飛んでいきたいのに、一之助が父との生活を選んだと知るのが怖くて立ち上がることもできなかった。

そのうち、足音が近づいてきて部屋の前の廊下でピタリと止まる。

「千鶴」

八雲に声をかけられたものの、声を出すこともままならない。

「入るぞ」

すると八雲は有無を言わせず障子を開け、入ってきた。

きっと涙でひどい顔をしていたのだろう。八雲は眉間に深いしわを寄せる。

一之助が戻ってこないなんて耐えられない。なにも聞きたくない。

黙ってうつむいていると、八雲は再び口を開いた。

「一之助は父に預けてきた。最初はためらっている様子だったが、父が笑顔で客と話しているのを見て、昔を思い出したようだ。父は今度こそお前を大切にしようとしている。しかし、私たちの屋敷に戻りたいならそれでもいいと話したら、散々迷って私の手を放した」

「嫌……」

お願いだからそれ以上は言わないで。

千鶴は両手で耳をふさいで拒否をした。

「千鶴。これだけは言っておく。一之助が父のもとに帰ったのは決してお前のせいではない」

そんな慰めなんていらない。

今の千鶴には八雲の言葉も響かなかった。

「それと……。父は一之助の姿を見て喜んでいたぞ。一之助を抱き上げ、『よく帰ってきた』と」

八雲が自分を安心させようとしているのは伝わってきたけれど、すさまじい喪失感に襲われてなにも考えられない。

「ひとりにして……」

一之助を父のところに戻した八雲をひどい言葉で罵ってしまいそうだ。

そう思った千鶴は八雲を遠ざけた。

眉をひそめる八雲が黙って退室したあとは、浅彦が何度かお茶や食べ物を運んできた。けれども千鶴は、「ありがとうございます」とお礼をするだけで精いっぱいだった。

やがて障子の向こうが暗くなり、浅彦が再びやってきた。

「千鶴さま。私たちは儀式に向かわねばなりません。八雲さまが私は残ったほうがいいのではとおっしゃっています――」

「大丈夫です」

力ない声で返事をすると、浅彦は顔をしかめている。

「しかし……」

「一之助くんを傷つけて、それだけでなく死神の夫の足を引っ張るなんて……」

「違います！」

浅彦は強く反論してきたが、千鶴は小さく首を横に振る。

「お願いです、もうこれ以上お荷物にはなりたくないんです。どうか儀式に行ってください」

千鶴は畳に指をつき、深々と頭を下げた。

「お荷物だなんてありえません。ですが、私がここに残ることが千鶴さまの負担になるのでしたら、儀式に行ってまいります。千鶴さま、今はおつらいでしょうけど、八雲さまも私もいます。それに、一之助は黄泉に旅立ったわけじゃない。必ずまた会えますから」

千鶴が涙をこぼしながらうなずくと、苦しげな顔をした浅彦は静かに出ていった。

一之助のいない屋敷がこれほど静かで寂しいものだと初めて気がついた。

「一之助くん。一之助くん！」

どれだけ名前を呼んでも返事がないのがつらくてたまらない。

どうして行ってしまったの？　という思いが強すぎてなかなか冷静にはなれなかったけれど、もし、父とともに暮らすのが彼にとって最善だとしたら……という考えが頭をよぎりだす。

そもそも、親のもとで暮らすのが普通なのだ。千鶴だって両親に守られながら育った。父が一之助の存在を歓迎しているのなら、一之助の居場所は父のところなのかもしれない。

光江の幸福そうな顔を見てうらやましいと思い、一之助には人間の世で幸せをつかんでほしいと考えた。それなのに、いざ手元から引き離されると動揺してしまう自分の身勝手さにあきれた。

部屋でじっとしているのがいたたまれなくなり、縁側に出て空を見上げる。すると、月の淡い光が千鶴を照らすが、心の中は真っ暗だった。

カサッと物音がしたためそちらに目を向けると、いつの間にか翡翠が立っていた。

「翡翠、さん……」

「こんばんは。どうかしたの？　目が真っ赤よ。それに顔色が悪いわ」

翡翠は千鶴に近づいてきて顔を覗き込む。

「ごめんなさい。なんでも……」

『なんでもない』と言おうとしてやめた。今の自分のこの姿、誰がどう見たってなにかあったとしか思えないはずだ。

「八雲と浅彦は儀式ね？」

「……はい」

「よかったら、私が話を聞くわよ」

眉をひそめる翡翠は、千鶴の手をそっと握って訴える。

八雲から『気を緩めすぎてはならん』と警告を受けているものの、今は誰かにすがらずにはいられない。

千鶴の隣に腰かけて、一之助の一件に耳を傾けた翡翠は「なんてこと……」と溜息を漏らした。

「つらかったわね、千鶴さん」

そのひと言がきっかけで、再び涙が止まらなくなる。

「八雲、なに考えてるのかしら」

「八雲さまは、ただ純粋に一之助くんの幸せを考えただけです。八雲さまが悪いわけではありません」

千鶴の心の中には八雲に対する〝どうして連れていったの？〟という気持ちがあるのだけれど、八雲を責めるような言葉を聞いて否定した。その気持ちがただの八つ当たりだとわかっているからだ。

「ごめんなさい。悪く言うつもりじゃないの」

「いえ。すみません。混乱していて……」

千鶴自身も自分の発言が矛盾しているのはわかっている。でも、衝撃が大きすぎて頭の中を整理できないのだ。

「謝らないで。千鶴さんにとって大切な子だったんでしょう？　そうなったって誰も責めやしないわ」

翡翠はそう言いながら千鶴を優しく抱きしめた。

「泣いてもいいわよ」

それをきっかけに、千鶴の嗚咽が広い屋敷に響き始めた。

翡翠はなにも言わずに千鶴を抱きしめたまま、背中をさする。千鶴はそんな翡翠に体を預けて甘えてしまった。

しばらくして少し気持ちが落ち着いてくると、体を離した翡翠が頬の涙を拭ってくれる。見た目は自分とさほど変わりない年頃のように見えるが、まるで母のようなその行為に、涙腺が再び緩みそうになったもののなんとかこらえた。

「一之助くん、寂しくしてないでしょうか？」

「きっと大丈夫。八雲も馬鹿じゃないもの。きっと浅彦を使って様子を観察しているはずよ」

翡翠にそう指摘されてハッとした。

八雲だって一之助の将来を考えて手放しただけで、きっと悲しいはずだ。

千鶴や浅彦ほど一之助とかかわってはいなかったものの、抱っこをせがまれたときの彼は、まるで父のような柔らかい表情を見せたし、直接かかわらなくてもいつも気にかけていた。だから、千鶴が焦って文字を教えようとしたときもこのままではまずいと感じて引き離したのだ。

「そう、ですよね……」

「うん。それに、そのちびちゃん、以前とは違うでしょう？」

「違う？　なにがですか？」

翡翠の言葉の真意がわからず尋ねると、彼女は優しい笑みを浮かべて口を開く。

「八雲と出会う前は、逃げるところすらなかったんでしょう？　でも今は、なにかあれば駆け込める場所がある」

「それって……」

「もちろん、ここよ。八雲や千鶴さんのいるここ。ちびちゃんが父親のところに戻れたのは、いざとなったら自分を受け止めてくれる千鶴さんがいるとわかっていたからじゃないかしら。だから、勇気を振り絞って新たな一歩を踏み出したのよ」

翡翠の言葉に救われる。もしそうだとしたら、どれだけうれしいか。

「……はい」

「ほらほら。ちびちゃん、大切な人がずっと泣いていると悲しいわよ。今はまだ苦しいばかりだろうけど、千鶴さんも前に進まないと」

そうか。こんな自分のところに一之助が戻ってきたいと思うわけがない。

「そうですね」

千鶴は頬の涙を拭いながらうなずいた。

「でも、我慢ばかりする必要はないわ。たまにはこうして思いきり泣いたほうがいい。私、また来るから」

「ごめんなさ――」

「謝る必要なんてない。だって私たち、友でしょ？」

目を細めて口の端を上げる翡翠は、「また来るわね」と言ってからフワッと姿を消した。

「友……」

やはり彼女は悪い死神なんかじゃない。

翡翠と話をしたことで少し落ち着きを取り戻した千鶴は、もう一度夜空を見上げた。

一之助が父のもとに帰ってからはや半月。

庭掃除にいそしんでいた浅彦の手がふと止まった。

一之助がいなくなってからというもの、心にぽっかり穴が開き、なにをしても身が入らない。しかし、見ているのが痛々しいほど憔悴している千鶴の前では、できるだけ笑顔で過ごすように心がけている。

八雲は余計なことは言わず、ただ千鶴が涙を浮かべているときは寄り添い、考えごとをしているときはひとりにしていた。

浅彦は、死神としての儀式以外にも八雲に役割を与えられ、小石川ですごす時間が増えている。一之助を見守っているのだ。

呉服屋を営む一之助の父が商売上手だというのは嘘ではないらしく、軽快な会話で客をその気にさせてあっという間に着物を売ってしまう。にこにこと笑みを絶やさないその姿は、一之助を拾ったあの雪の晩の剣幕が想像できないほど穏やかだった。

一之助はあまり外には出てこない。毎日のように庭を走り回り自然と戯れていた姿を思い出すと、窮屈な生活をしているのではないかと心配が募る。いや、こちらには一之助の好むおもちゃも、菓子もたくさんあるはずだ。楽しく過ごしているに違いない。

千鶴だけでなく、こうして一之助を見守る浅彦の心も揺れ動いていた。

呉服屋の裏手にある一之助の家は比較的立派で、財力があることがわかる。ここ三日ほどまったく姿を見せないのが気がかりで、浅彦は姿を消して家の中に入り込んだ。本来は、儀式のときにしか勝手に家屋に入るようなことはしないのだが、手を上げられていたのを知っているので、とても放ってはおけないのだ。

奥座敷を覗くと、真新しい着物を着た一之助が壁にもたれて呆然としている。身の回りは小ぎれいにしてあり、髪も整えられていた。

ただ、生気がない。八雲の屋敷で見せるようになった笑みがないどころか、息をしているだけというような姿に、緊張が走る。とはいえ、怪我を負っている様子もなく、以前のようなひどい扱いを受けているわけでもなさそうだ。

「一之助」

そのとき、父の声がした。一之助はビクッと体を震えさせ、その場に正座をする。

「父さま、なんですか?」

姿を現した父にかしこまった口調で問う一之助は、ニッと笑ってみせる。しかしその笑みが作りものであることくらいすぐにわかった。

これほど幼い子が、父に気を使っているのだ。

「てるの作った昼飯、口をつけなかったんだって？」

「ごめんなさい」

一之助は一転、引きつった顔で謝罪している。

食いしん坊の彼が食事を食べないとはどうしたことか。嫌いな物は多いが口をつけないようなことはない。

「夕げは食べろよ」

「はい」

父と話している間、一之助の緊張はほどけなかった。父はそれだけ言い残して行ってしまう。一之助はまたひとりだ。

「千鶴さま」

浅彦の耳に、千鶴の名を呼ぶか細い声がたしかに届いた。

一之助がここに戻った日、父に抱き上げられたのがうれしくてたまらないというような顔をしていたと八雲から聞いている。けれど今の一之助は、明らかに沈んでいた。旅立つ母に縋(すが)りついたときともまた違う。どこかあきらめたような表情の彼は、再び壁に背を預けて動かなくなった。

なにもしないまま夕げの時間を迎え、父の新しい妻、てるが膳を運んできた。てっきり家族そろって食しているると思っていたが違うようだ。

てるは器量のいい若い女だ。しかし、上がり眉が気の強さを表しているかのようだった。

「ほら、夕飯だよ。あんた、残すなんて百年早いんだよ！　食わせてもらえるだけありがたいと思いな。なんでほかの女が生んだあんたを面倒見なくちゃならないんだよ！」

みそ汁がこぼれるほどの勢いで畳の上にドンと置いたてるは、一之助を一瞥して行ってしまう。

それはあんまりだろう！

たしかに子を授かれないてるにしてみれば、一之助が邪魔なのかもしれない。でも、一之助を跡取りにと望んだのは父だ。

てるの罵声に怒りを募らせる浅彦は、膳に並ぶおかずを見て言葉をなくした。

先ほどから魚を焼く匂いが漂っていたのに、小松菜のみそ汁に、みょうがの漬物、あとは麦飯だけ。一之助は小松菜もみょうがも苦手で、小松菜は我慢すれば食べられるが、みょうがは呑み込んでも吐き出してしまう。苦手を通り越して、体が受けつけないという感じなのだ。

三食は食べられないという貧しい家庭もあるため、贅沢だと言われればそれまでだけれど、さすがに不憫だ。

一之助は箸を持ったものの、泣きそうな顔をしていて痛々しい。

苦手だとわかっていて出しているのではないかと勘ぐった浅彦は、姿を隠したまま台所に向かった。

てるが用意しているのは、アジの塩焼きと大根の漬物、そして小松菜のみそ汁だ。みそ汁は同じだったものの漬物まで異なるのを見て、やはりあれは嫌がらせなのだと確信した。一之助が食べられないのを承知の上で出しているのだ。

やがて父が茶の間にやってきて、食事を始める。

「一之助には食べるように言っておいたが」

「これまでどこのお屋敷で育てられていたんだか。贅沢が過ぎます。私には口答えばかりで」

てるが父にそう訴えるのを見て、浅彦は怒りで拳を震わせた。

「今までどこにいたか、どうしても言わないからな。幼くてわからないのではないのか？　なんにせよ、子育ては女の仕事だ。俺は商売が忙しい。お前が一之助を一人前にしてくれ」

跡取りが欲しいと望んだのは紛れもなく父だ。それなのに、どうやら一之助には興味がないらしい。単に繁盛しているこの店を赤の他人に譲るのがもったいなくなっただけなのだと浅彦は悟った。

これはどうしたら……。

八雲から、手出しをしてはならんと言いつけられている。こちらでの生活になじまなければばならないからだ。しかし、さすがに指をくわえて見ていられない。

浅彦はすぐさま家を飛び出し、近所の商店であんぱんを購入すると、再び姿を消して一之助のところに戻った。

すまない。八雲さまとなにか策を考えてくる。

儀式の時間が迫っていた浅彦は、心の中でつぶやき、部屋の片隅にあんぱんを置いて八雲の屋敷へと急いだ。

その晩、八雲とともに向かったのは、一歳にも満たない赤子のところだった。

風邪をこじらせたその子は、農家の待望の長男として生まれてきて、それはそれは大切に育てられていたようだ。

もちろん、浅彦も八雲もあらかじめ黄泉に旅立つことが決まっていたのだと知っているが、家族はそうではない。父は大切な息子がみるみるうちに弱っていく姿を見ながら取り乱し、「死神のせいだ。死神がこの子をさらおうとしているんだ！」と号泣した。

そんな状況であっても、八雲は顔色ひとつ変えない。千鶴に様々な感情を教えられてから、理不尽な暴言に心を痛めることもあるだろうに。

やはり器の大きい方だ。

浅彦は感心しながら、姿を消して赤子に近づく八雲に続く。母の腕の中で今にも息絶えそうな男児に胸が痛むが、八雲は取り乱しもせず額に印をつけた。

「八雲さま」

浅彦は屋敷へと戻ろうとする八雲を引き止めた。

「なんだ」

「一之助についてお話が」

屋敷では千鶴の耳に入ってしまうし、儀式まで時間もなかった。そのため、一之助の不遇をまだ伝えられていないのだ。

「どうした？」

儀式は冷静にこなした八雲だけれど、一之助が気になっているのだろう。眉間にしわが寄った。

「実は――」

浅彦が見たままを伝えると、八雲はすぐさま踵（きびす）を返す。

「一之助のところに向かう。ただし、私たちのほうから戻ってこいとは決して言ってはならん」

「どうしてですか？　一之助はまだ幼いのです。手を差し伸べてやらなければ、また心に傷が……」

八雲の言葉に驚いた浅彦は訴える。

「もう私たちが拾った日の一之助ではない。死しか見ていなかった一之助が、千鶴のおかげで自分の意思というものを取り戻した。屋敷に連れ帰った頃、私たちの顔色ばかりうかがっていただろう？」

八雲の言う通りだ。発する言葉もおどおどしながらの「はい」か「いいえ」くらい。次第に語彙は増えていったが、わがままを口にするようになったのは千鶴が来てからだ。それから意外と頑固な一面があるのを知った。文字を覚えるのを強く拒否したのがいい例だ。

「そうですね」

「だが、今の一之助には自分の意思がきちんとある。たとえつらい思いをしても父のそばで生きていきたいというのなら、私たちが出る幕はない」

八雲は自分よりずっと深い考えがあるのだと知った。とはいえ、毎日笑顔で庭を駆け回っていた一之助のうつろな目を見てしまったあとでは複雑だ。

辺りは不気味なほどに静まり返っている。毎日のように闇夜を歩いているというのに、今日は緊張が拭えない。

呉服屋の裏手にある家の前にたどり着き、一之助がいた部屋を知らせると、姿を消した八雲は躊躇することなく入っていった。

「ごめんなさい。ごめんなさい」

すると、一之助の小さな声が聞こえてくる。どうやら布団にもぐって泣いているようだ。

「もう吐いたりしません。だから捨てないで」

続いた痛々しい言葉に胸が締めつけられる。

八雲は近づいていき姿を現した。

「一之助」

「ごめんなさい。ごめん――」

「一之助」

八雲が二度声をかけると一之助はようやく気づいたらしく、おそるおそる布団から顔を出す。

「八雲さまぁ」

「声が大きい。父に聞こえてしまうぞ」

胸に飛び込んできた一之助をしかと抱き寄せる八雲は、興奮気味の一之助とは違いすこぶる冷静だ。

「どうして来てくれたの？」

「一之助が困ったら来ると言ったはずだ」

八雲は目に涙をためる一之助の頭を撫でながら言った。まるで本当の父親のような優しい眼差しに、浅彦の心もようやく落ち着いてきた。

一之助を連れてあっさり小石川に向かったときは浅彦もさすがに驚愕した。でも、八雲は決して一之助を放り出したわけではないのだ。

誰よりも一之助の将来を考え、自身の気持ちは胸の奥にしまってただ見守っている。千鶴はあからさまに落胆の色を見せて憔悴しているけれど、おそらく八雲の心中も穏やかなわけではないのだろう。

「困っているのではないのか？」

八雲が逆に尋ねると、一之助は下を向いて黙ってしまった。

義母に意地悪をされていると告白して、屋敷に戻りたいと言えばいい。八雲も千鶴も自分も、喜んで迎え入れる。

浅彦は心の中で叫んだが、一之助は口を真一文字に結んだまま固まっていた。

「吐いて叱られたのか？」

「……うん。ごめんなさい」

やはり、みょうがが食べられなかったのだろう。

これほどおびえているということは、てるにひどく叱られたに違いない。てるは一之助が苦手だと知ってあえて出しているのだから、さすがにひどい。

「そうか。だが、もう誰もお前を捨てたりはしないぞ」

「でも……。あの人……母さまは、僕にいなくなってほしいって」

義母を〝母さま〟と呼ぶように言いつけられているらしい一之助は、口をへの字に曲げて今にも泣きだしそうだ。

「そうか。それで一之助はどうしたいのだ？」

「一之助。そんなにつらい――」

「浅彦」

いたたまれなくなった浅彦が口を挟もうとしたけれど、八雲に止められてしまった。戻ってこいと口から漏れそうになったのに気づいているのだ。

「申し訳ございません」

八雲の葛藤を知った浅彦は謝罪したものの、胸が張り裂けそうだ。

「父のもとに帰ると決めたのは一之助だ」

八雲の言葉が非情に聞こえる。自分が望んだのだから戻る場所などないと突き放したように感じた。

「うん。父さまも母さまみたいに優しくしてくれると思ったの」

母の最期に自分の存在を受け入れてもらえたのが、よほどうれしかったに違いない。父にもそれを求めたがそうではなかったということか。

「優しくしてくれないのか？　また叩かれているのか？」

張り詰めた空気が漂い、八雲の顔に緊張が走る。

「……ううん。でも、お話ししてくれない。そばに行っても、あっち行けって」

一之助の育児をてるに押しつけていた父は、跡取りが欲しいだけ。決して息子としてかわいがりたいから帰ってきてほしいと望んだわけではないのだ。

「そうだったか」

「……うん」

それから一之助はまた黙り込んだ。

こうして部屋を与えられていて、苦手なものばかりとはいえ食事も出てくる。雪の日、薄い着物一枚で外に放り出されて死を願っていたときよりはずっといい環境だ。しかし、手を上げなくなったとはいえ、父からの愛を感じられず、義母からは疎まれ……。八雲や千鶴のおかげで愛を注がれる心地よさを知った今の一之助には耐えがたいはず。

『戻ってこい』という言葉を必死に呑み込む浅彦は、ふたりの様子をじっと見守っていた。

「僕が悪いの」

そして一之助がぼそりとひと言。

「お前はなにも悪くない」

八雲がそう伝えると、一之助の目から大粒の涙が流れ出した。

「千鶴さま、怒っちゃった。もう僕のことなんか嫌いになっちゃった」

父の話をするのかと思いきや千鶴の話で、浅彦は八雲と顔を見合わせる。

「千鶴は、一之助を嫌いになることは決してない。怒ってもいないぞ」

「ううん。僕が勉強しなかったから、千鶴さまは僕をいらなくなっちゃったんだ。でも、勉強しても文字を覚えられなかったら、千鶴さまががっかりしちゃう」

その言葉に浅彦は目を瞠った。

一之助は、文字を覚えられなかったら千鶴に捨てられると怖かったのだ。だから失敗する前に学ぶこと自体を拒絶したのだろう。

屋敷に来るまで、泣いてばかりで役に立たない息子だと罵られていた記憶が残っていて、いまだ自信が持てないに違いない。

「千鶴はそのようなことでがっかりしたりはしない。一之助に文字を教えようとしたのは、お前のこの先を考えてのことだ。こちらに戻ってくるときに、文字の読み書きができないと苦労する。千鶴は、一之助が自分の好きな道を選べるようにしてやりたかったんだ」

「僕の？」

幼い一之助が千鶴の気持ちを完全に理解するのは難しいかもしれない。でも、決して見捨てないということだけはわかってほしい。

浅彦も八雲に続いた。

「千鶴さまはがっかりするどころか、一之助につらい思いをさせてしまったと落ち込んでいらっしゃったよ」

「本当？」

浅彦がそう伝えると、一之助の声が上ずった。

きっと千鶴に嫌われたと感じた一之助は、八雲の屋敷には居場所がなくなってしまったのだ。だから、父が自分を捜していると聞いて、ここに戻ってこようと決めたのだろう。

「八雲さま。僕の好きな道ってなぁに？」

「それは私に聞いてもわからない。一之助のここには、自分の想いがあるだろう？」

八雲は一之助の胸をトントンと優しく叩く。

「私たちは一之助がなにをしても、どんなふうに成長していっても必ず見守っている。もちろん千鶴もだ。一之助。間違えても構わない。間違えたらもう一度やり直せばいいのだ。私たちはお前の答えを馬鹿だとは決して言わない。これから歩む道は、自分で決めなさい。もうお前にはそれができる」

一之助はまだこの世に生を受けて、たった五年だ。

彼に母の死期を伝えるか否かを悩んでいた頃、八雲は一之助にはまだ自分で判断できる力がないと感じていたはずだ。けれども、母の死を乗り越え、千鶴の愛を一身に受けて育った彼の成長を感じているに違いない。

浅彦は一之助の答えを固唾を呑んで待った。

「僕が決めていいの？」

「ああ、もちろんだ」

屋敷で、千鶴に抱かれている一之助を見つめるような優しい眼差しで八雲が答えると、一之助は大きく息を吸ってから話し始めた。

「僕、千鶴さまのところに帰りたい。八雲さまのお家(うち)がいい」

ポロリと涙をこぼす一之助の顔には緊張がみなぎっている。どれだけ八雲が彼の言葉を尊重すると伝えても怖いのだ。

しかし一之助の表情とは裏腹に、八雲の頬がかすかに緩んだ。

「そうか。父はいいのか？」

「父さまは僕がいてもいなくても一緒なの。でも千鶴さまは、僕が近くに行くとお話ししてくれるし、ギューッとしてくれる」

その通りだ。今も一之助のことを考えて涙し、しかし彼のためだと踏ん張ろうとしている千鶴の姿が思い浮かび、浅彦はうなずいた。

「そうだな。千鶴がお前の帰りを首を長くして待っている」

「千鶴さまが？」

「千鶴は、一之助が愛おしいのだ。なにがあっても千鶴はお前の味方だ」

八雲がそう伝えると、ようやく安心したのか一之助の顔に笑みが広がった。

「帰ろうか、一之助」

一之助の意思を確認した八雲は、初めて屋敷に戻ろうと声をかける。

「はい！」

元気いっぱいに返事をした一之助は、八雲の胸にもう一度飛び込んだ。

八雲たちが儀式に出かけてしまうと、どうしても涙がこぼれる。

一之助がひとりで戻ってくるわけがないのに、縁側から門を眺めては落胆の溜息を漏らす毎日だ。

彼を人間の世に帰すべきだったんだ。これが正しい選択なのだと自分に言い聞かせても、心に開いた穴はふさがりそうにない。

「千鶴さん」

翡翠は今晩も姿を現した。

「こんばんは」

慌てて涙を拭うと、翡翠はにっこり微笑む。

「私の前では無理しなくていいのよ。でも、少しずつ落ち着いてきてるわね」

縁側の千鶴の隣に座った翡翠は言った。

「私の気持ちばかりじゃ駄目だと思って。一之助くんがお父さまを求める気持ちを否定してはいけないと」

頭ではわかっているが、父のかつてのひどい仕打ちを聞いている千鶴には割り切れないのが現実だ。

「人間は血筋を大切にするんですってね」

「血筋というか家、ですね。爵位を持つ家系はそれを守るのに躍起になります。男児しか継げないので、養子を迎える場合もあるくらいで」

　それをできるだけ避けたいがために、嫁入りすると男児を生むように言いつけられる。生まれてみなければわからないのに。

「養子ね……」

「死神はどうなんですか？　血は大切ですよね」

　死神の血一滴と特別な呪文が合わさると人間も死神になるのを知った千鶴は、翡翠に尋ねた。

「そうね。私たちの血は大切。でも、人間のように親子のつながりがどうとかというような考え方はないかな。私は人間たちのかかわりを見ている間に、友が欲しいと思ってここに来たけど、ほかの死神は孤独に慣れているのよ。ううん、慣れているというかそれが当然」

　そういえば彼女は、八雲も両親についての記憶がないはずだと話していた。

「翡翠さんも両親を知らないのですか？」

「知らないわ。でもそれがどうしたの？　という感じかしら。だからちびちゃんが父親に会いたくて戻ったというのが、いまひとつ理解できないの」

　死神と人間とは〝あたり前〟が少し違うようだ。

「そうですか。やっぱり血のつながりには勝てないんです。ううん。勝とうだなんておかしいですね。一之助くんはそもそも私の子ではないのだし」

千鶴は一之助の笑顔を思い浮かべた。

せめて、もう少し大きくなるまで一緒に過ごしたかった。でも、実の父に愛されるのが一番いい。寂しいのは自分の勝手だ。

まだ涙はこぼれるものの、少しずつ気持ちの整理がついてきた。

「千鶴さん、優しいのね。その優しさはきっとちびちゃんにも伝わってるわ」

「そうだといいんですけど」

翡翠の温かい言葉が胸に沁みる。

八雲や浅彦の前では、これ以上心配をかけてはいけないと泣くことができない。こうして胸の内を聞いてくれる彼女の存在がありがたかった。

「ところで、八雲は私が訪ねてきているのを知っているの？」

「一度お話ししましたけど……一之助くんのことがあって、それからはなにも」

千鶴は、八雲に気を緩めるなと注意されたことは黙っておいた。

翡翠はこうして話をしにくるだけで、なんの害もない。それどころか、八雲たちには明かせない本音を聞いてもらえて助かっているくらいだ。

「そう。多分……八雲にとっては歓迎すべき存在じゃないと思うのよね、私。千鶴さんになにかあったらと心配でしょうし。だから、私がこうして訪ねてくることは、内緒にしておいてくれないかしら？」

「内緒に？」

翡翠は人懐こい笑顔でうなずく。

「私と千鶴さんだけの秘密。せっかく友ができたのに、八雲に警戒されたら来られなくなるもの」

「わかり、ました」

千鶴は戸惑ったものの、了承した。一之助がいなくなり寂しさに打ちひしがれている今、彼女と話をしたいという気持ちがどうしても拭えないのだ。

しばらく話をしたあと「また来るね」と言い残した翡翠が帰っていくと、湿った風が吹き込んできて千鶴の髪を揺らした。

「明日は雨かしら」

外で遊べない雨の日は、一之助は浅彦とよくめんこ勝負をしていた。最初は負けばかりで悔しがっていたけれど、最近は浅彦を負かして得意顔を見せるようになった。

いつも一之助が眠っていた部屋に足を向け、残されている小さな着物を抱きしめる。

「幸せよね。今が幸せなのよね」

翡翠は八雲が浅彦を使って一之助の様子を探っているはずだと話していたが、いなくなってからなんの報告もない。

八雲には伝わっているのかもしれないけれど、八雲が動かないということは、あちらでの生活がうまくいっているのだろう。

自分にそう言い聞かせて自室に戻り、一旦布団に入ろうとしたそのとき、八雲の足音が聞こえてきた。

「お帰りだわ」

翡翠と話をしているうちに結構な時間が経過していたようだ。慌てて玄関へと走る。

正座をして待ち構えていると、静かに戸が開いた。

「お帰りな――」

千鶴が言葉を失ったのは、八雲の脚にしがみつきこちらをうかがう一之助が見えたからだ。

「えっ……。夢？」

「夢ではないぞ」

八雲は死神らしからぬ優しい笑みを浮かべて首を横に振り、一之助の頭を撫でた。

「一之助、千鶴は怒ってなどいないと言ったではないか。私の妻はそんな度量の狭い女ではない」

八雲の発言に浅彦がくすっと笑みを漏らしたが、千鶴の目は一之助に釘づけだ。

「……千鶴さま。ごめんなさい」

一之助の震える声が耳に届いた瞬間、涙があふれ出した。

「謝るのは私よ。ごめんね、一之助くん」

千鶴が声を振り絞ると、一之助が思いきり胸に飛び込んでくる。

「お帰り。……お帰り」

言いたいことも聞きたいこともたくさんあるのに、胸がいっぱいで続かない。

「千鶴さまぁ」

着物にしがみつく一之助を強く抱きしめると、「大好き」と言われて、完全に涙腺が崩壊した。

「千鶴。詳しいことは明日話す。今宵は一之助と一緒に休んでやってくれないか」

「もちろんです」

もしかしたら、また父のところに戻ってしまうのではないかという不安がよぎるが、こうして抱き合えたことを素直に喜びたい。

「浅彦。布団を用意してくれ」

「かしこまりました」

うれしそうな浅彦は奥へとすっ飛んでいった。

「一之助。そんなにしがみつかなくても千鶴はどこにもいかない。お前が一緒にいたいと願う間は、必ず隣にいてくれる」

一之助は八雲に視線を合わせ、小さくうなずいた。

「一之助はみずからここでの暮らしを望んだ。千鶴、また世話を頼まねばならぬが
──」

ここにいてくれるの？

八雲の言葉に感激して胸が震える。

「世話だなんて。私が一緒にいたいのですから」

一之助を見つめながらそう伝えると、千鶴から離れようとしない小さな手に力がこもった。

浅彦の敷いてくれた褥に一緒に横たわると、一之助が強くしがみついてくる。

「そんなに力を入れていては眠れませんよ」

「ごめんなさい」

弱々しい声に胸が痛む。

「謝らなくていいのよ。一之助くん。私、無理やり文字を教えようとしてごめんなさい。一緒に遊んでほしかったわよね」

「僕、いろはを覚えます」

「ううん。私が焦りすぎたのがいけないの。でもね、一之助くんを大好きなのだけはわかって。八雲さまがおっしゃったように、一之助くんがそばにいてほしいと思って

い。
いる間は必ず一緒にいる」
「うん」
いつか旅立ちのときが来るかもしれない。でも、それまでは決して手放したりしな
「疲れたわよね。ここにいるから、安心して眠って」
なにがあったのかわからないが、こんな夜更けに戻ってきたのだ。体も心も疲弊し
ていると推察して促すと、一之助はすぐにまぶたを下ろしてあっという間に眠りに落
ちていった。

翌朝は以前のように四人で朝食をとった。一之助は腹を空かせていたようで、麦飯
をおかわりし、じゃがいものみそ汁をあっという間に平らげるほど元気だ。

「いい食べっぷりだな」

浅彦の表情もいつになく明るい。

「昨日、あんぱんがあったの」

一之助が突然話を始めると、八雲がちらりと浅彦に視線を送った。

「八雲さまが持ってきてくれたの？」

無邪気に尋ねる一之助は、再び大きな口を開けて麦飯を頬張っている。

「私ではない。おせっかいな死神では？」

なるほど、浅彦さんか。

八雲の視線の意味を理解した千鶴は、感謝の気持ちを込めて浅彦に頭を下げた。

「おせっかいってなぁに？」

頬にご飯粒をつける一之助が尋ねる。

「余計なことにはよく気がつくということだ」

「ええっ、八雲さま、それはあんまりじゃ……」

平然と言い放つ八雲に、みそ汁を噴き出しそうになった浅彦がぼやいている。

「大切なことは見逃すがな」

「なんでお説教が始まったんですか！」

あからさまに顔をしかめる浅彦を見て、千鶴も笑いをこらえきれなくなった。

一之助がいるだけで、これほどまでににぎやかだ。

千鶴は久しぶりに戻った明るい空気に、心の底から安堵した。

食事のあと、千鶴は八雲から一之助になにがあったのかを聞かされた。

「一之助くん、お父さまにもっと愛してもらいたかったのですね」

「そうだな。しかし父は家業を継ぐ者が欲しかっただけ。親と子の絆というものが私にはまだよくわからぬが、父と一之助の間にはそれがなかったのだろうか」

八雲がしみじみとこぼす。

「難しいですね。正直、一之助くんがお父さまのもとに帰ったと知ったとき、やはり血のつながりには敵わないと落胆しました。そもそも、赤の他人の私が思うことではないのですが」

千鶴が思いを吐露すると、腕組みをした八雲は神妙な面持ちで話し始める。

「少し前に、自分の生んだ子を夫の家に取り上げられてしまった女が旅立ったと話したな」

「はい」

「あのとき千鶴は、愛情を受け取った記憶がない子は、たとえ血がつながっている母であっても他人同然だと言っただろう？」

そういえば、そんな話をしたような。

「その考えは間違っていないが、付け足すべき事柄があるように思う」

「なんでしょう？」

「愛情を受け取った記憶がなければ、たとえ母であっても他人としか認識できない。しかし、いくら愛された記憶があったとしても、それはただの美しい思い出にしかすぎないのだ。大切なのは現在(いま)。愛情というものは注ぎ続けられなければ枯渇してしまうらしい」

穏やかな口調で語る八雲は、千鶴に優しい眼差しを向ける。

「一之助は自分を求めてくれる場所を探している。自分に愛を傾け続けてくれる人を欲している」

「八雲さま……」

おそらく八雲は、その役割を自分に託すと告げているに違いない。学問を無理強いして一之助を傷つけてしまったのに、その資格があるのだろうか。

「無論、私も浅彦も一之助を見守り続ける。千鶴ひとりが気負う必要はない。皆で育てればいいのだ」

「……そう、ですよね。一之助くんは私たち皆の宝ですものね」

「ああ、そうだ」

母親代わりなのだから、一之助を一人前にするのも自分の仕事だと思い込んでいたのかもしれない。

愛情の源はひとつでなくてもいい。いや、多ければ多いほどいい。八雲や浅彦と一緒に枯れないように注ぎ続ければいいのだ。

千鶴は肩の荷が軽くなっていくのを感じた。

「此度（こたび）、一之助が父のもとに戻ったのは、千鶴に嫌われてしまったと思い込み、ほかに居場所を探さなければと焦ったからなのだ」

「私に嫌われる？」

「そうだ。一之助はもし文字を覚えられなかったら千鶴ががっかりするのではないかと怖かったようだ。だから、逃げ続けた」

千鶴は一之助が強く拒み続けた真相を知り、驚いた。

「そうだったんですね。私の期待に応えなければと思っていたなんて。やはり私が間違っておりました。もっと一之助くんの心に寄り添えなければと思っていれば……」

「いや。一之助と千鶴は血よりも強いつながりがある。今回の騒動で、お前が注いだ愛情を一之助がしっかり感じ取っているのがよくわかった。自信を持て。お前は一之助にとってかけがえのない存在になっている」

八雲の言葉が千鶴の心を温めてくれる。

「これから先、一之助がどんなふうに生きていくのかわからないが、千鶴がここに来ることを自分で決めたように、一之助の人生は一之助自身のものだ。手放さなければならないときが来たら、私たちはそれを受け入れるだけ」

「はい」

「だが今は、自分を丸ごと包んでくれるような愛情を求めている。寄り添ってやってくれるか？」

「もちろんです」

一之助が望む関係を父との間に築けなかったのは残念だ。けれど、いつかまたわかり合える日が来るかもしれない。それまでは一之助を大切に預かろう。

千鶴は改めてそう心に決めた。

期待と落胆

屋敷に戻ってきた一之助は、すぐに元気を取り戻した。

八雲に命じられた浅彦が一之助の実家の様子をうかがいに行ったところ、一之助が消えたと大騒ぎになっていたようだ。

ただ、近所の人たちは父の後妻が一之助を快く思っていなかったことを知っていたらしく、嫌気がさした一之助が逃げ出して、これまで育ててもらった家に戻ったのだろうと盛んに噂しているのだとか。

商売が優先の父は「お前のせいで一之助が逃げたのだ」と妻を責め、捜すように命じるだけ。妻は捜す振りはしているものの、そもそも一之助がいなくなって清々しているのだから、焦りなど微塵（みじん）もないようだ。

それを浅彦から聞いた八雲は、「一之助への愛情はどこにもないのだな」と溜息をついていた。そして「いなくなったで終わってしまうのだろうな」と、遠くを見て悲しげな表情を浮かべた。

空に雲ひとつない青空が広がったその日。一之助は遊び疲れたのか、八雲たちが儀式に行ってしまうとすぐに眠りについた。

「かわいいな」

千鶴は一之助の頭を撫でながら、「千鶴さまぁ」と甘えてくるときの様子を思い浮かべる。無理して文字を覚えなくてもいいと話したのに、自分の名前を書けるようになる！　と意気込む彼にもう拒否感はなく、〝い〟の字をふたりで庭の地面に書いた。

「捨てるわけがないのに」

こんなにかわいい一之助を放り出すわけがない。しかし、彼が過去に負った傷が臆病にさせているのだ。

「千鶴さん」

外から翡翠の声が聞こえてきて、千鶴は部屋を出た。

「こんばんは」

「あれ？　顔色がいいわね」

「一之助くんが戻ってきたんです」

そう報告すると、翡翠の顔にも喜びが広がった。

いつものように縁側に並んで座り、話を続ける。

「よかったわね。ほんと、よかった」

「はい。ただ、一之助くんにとってよい結果だったのかはわかりません。だけど、必ずここに戻ってきたのは正解だったと思えるようにしてあげたい」

おそらく、実の父に愛されて生きていくのが最善だったはずだ。それが難しかった今、この屋敷でおびえることなくすくすくと育ってほしい。

いつか人間の世に戻ることがあったとしても、幼い一之助が下した決断を失敗で終わらせるわけにはいかないのだ。

「やっぱり優しいのね。もう、自分の子みたいね」

「そうですね。そのつもりでかかわりたい。育てるなんて無理なので、一緒に成長していきたいです」

今回も、自分が未熟だったせいで一之助を追いつめてしまった。最初から完璧は無理だ。焦らず進みたい。

「いいお母さんになりそう。八雲との子、欲しくなったんじゃない?」

その質問に千鶴は素直にうなずいた。

光江の幸せそうな姿や、愛情を傾ければ傾けるほど自分になつく一之助を見ていると、八雲との間の子も望んでしまうのが現実だ。

けれどもなかなか授からない今、子が欲しいと八雲の前では言えない。死神と人間との間にはそもそも授かれるのかどうかわからないからだ。

「そうよね。そう思うのが自然じゃないかしら。八雲のこと、好きなんでしょう?」

改めて好きかどうか問われると照れくさくてたまらないが、それはもう紛れもない事実だ。

「……はい」

「素敵ね。死神も気の合った者同士が、人間でいう婚姻関係になることがごくまれにあるのよ。といっても、ほかの死神には関心がない者がほとんどだから、本当に少ないのだけど」

「え！」

死神同士も？

そうした話は聞こえてこないし、八雲に愛という概念がなかったため、恋に落ちる死神がいるとは思わなかった。

「ただ、人間の恋というものとは少し違うかも」

「なにが違うんですか？」

もっと深く知りたくて、身を乗り出して尋ねる。

「人間の恋というものをよく知らないからなんとも言えないけど……。千鶴さんみたいに相手が好きだから一緒にいたいというよりは、どうせ永遠に命が続くのだから一度くらいほかの死神にかかわってみようというような興味のほうが大きいみたい」

「興味……」

たしかにそれは恋ではないかもしれない。

「人間より淡々としてるんだと思う。与えられた役割は放棄できないから、死神として儀式をこなしつつ、時々互いの屋敷に顔を出すようよ。でもそれに飽きたら、行き来がなくなって元通りの生活を送るだけ。私たちにとって儀式を遂行すること以上に大切なことはない。幽閉なんてごめんよ」

松葉の屋敷に連れ去られたとき、幽閉をいとわず駆けつけてくれた八雲は、死神の中では稀有な存在なのだと改めてわかった。

「はい。それは承知しています。八雲さまの足を引っ張らないように努めます」

「そうね」

翡翠の言葉は厳しくもあり、しかし同時にこれがこちらの世での〝当然〟なのだと気が引き締まった。

「翡翠さんは、婚姻のご経験は？」

「私は友には興味があっても、婚姻にはなくて」

華族の家に生まれた女は、しかるべき家に嫁いで子をもうけるのが役割だった。幼い頃からそう言い聞かされてきた千鶴にとっては、婚姻はある意味義務であったので、興味がないという意見は新鮮だ。

「あの……。死神と人間が結ばれた例はないのでしょうか？　子を授かれるのかどうか知りたくて……」

八雲よりずっと死神事情に詳しそうな翡翠ならもしかしたら、と期待いっぱいで問う。するとなぜか翡翠の顔から、すっと笑みが消えた。

淡い月明かりに照らされた彼女の横顔は美しいが、どこかはかなげだ。そう感じるのは、いつも突然姿を現し、そして消えるからかもしれない。

こうして話をしていると、人間の友と変わりない。感情のあり方は異なるけれど、八雲や松葉のような死神としての尊厳は感じなかった。

しかし、表情をなくした翡翠は八雲たちと同じように厳かな雰囲気を纏っており、緊張が走る。彼女も死神なのだという現実を突きつけられた気がした。

けれどそれは一瞬で、すぐにいつもの柔らかな表情に戻る。

「そうねぇ。人間と恋をした死神がかつていた、という噂は耳にしたことがあるわね」

「本当ですか!?」

ぐんと期待が高まり千鶴の声が大きくなると、翡翠は「しーっ」と口の前に指を立てた。

「ちびちゃん、起きちゃうわよ」

「ごめんなさい」

翡翠は、ふふふ、と人間と違うことのない笑みを漏らす。先ほどの背筋が凍りつきそうな空気はなんだったのだろう。

「ただ、そのふたりがどうなったかとか、子ができたとかまでは知らないわね。噂だから本当なのかもあやしいし。あやふやでごめんなさい」

翡翠は謝るけれど、もしそのふたりに会うことができたら、話を聞けたら…と千鶴の胸は躍った。

人間はすでに黄泉に旅立っていたとしても、死神は幽閉されていない限りどこかに存在するはずだ。

「あっ、今日はそろそろ帰るわね」

翡翠はなにかに気がついたかのように、唐突に立ち上がる。

「はい」

「それじゃあ」

いつの間にか翡翠とのこの時間が楽しみになっている千鶴は、名残惜しさを感じながら、ふわっと消える彼女の姿を見送った。

朝曇り昼日照りと言うが、まさに今日のことだ。

朝は雲が広がっていたのに、昼を過ぎると庭で遊んでいた一之助も強い日差しに負けて屋敷に入り、昼寝を始めた。

いつもなら暑さにやられて疲労が増してしまう千鶴だけれど、自分たち以外にも死神と人間が結ばれた例があると知って浮き立っていた。

「千鶴さま、今日は一段とお元気ですね」

「そうかしら？」

「ええ、笑顔が弾けていると申しましょうか」

洗った浴衣(ゆかた)を奥座敷で片づけていると、浅彦に指摘されて落ち着かなければと気を引き締める。そのふたりに会えたところで、子はできないと言われるかもしれないのだ。そうわかっていても、どうしても期待のほうが大きい。

「浅彦さん」

「なんでしょう？」

「八雲さまと私のように、死神と人間が結ばれたという噂をお聞きになったことはないですか？」

噂になっているというのならもしかして、と尋ねたが、浅彦は首をひねっている。

「残念ながら私は知りません。なかなか難しいのでは？」

浅彦が遠い目をして答える。

すずを思い出させてしまっただろうか。

「あっ、ごめんなさい」

「あぁ、いえ。私はあきらめておりませんので、お気になさらず。なにせ、目の前にその〝難しい〟を現実にしているおふたりがいるのですから」

浅彦が前向きになってくれてよかった。

「そうですね」

千鶴は笑顔で返事をしたが、突然浅彦の目が鋭く光り、庭先に向いた。

「なにしに来た」

浅彦は千鶴を隠すように前に立ちふさがり、今までとはまるで違う低く唸(うな)るような声で問う。彼の視線の先には、あの松葉がいた。

「見習いごときに用などあるはずがないだろ」

鼻でふんと笑う松葉は相変わらずだ。

「この屋敷に勝手に足を踏み入れるな」

そう釘を刺したのは、浅彦ではなく八雲だ。八雲も松葉の存在を察して部屋から出てきたらしい。

「まあ、そう怒るな。今日は教えに来てやっただけだ」

「教えに？　お前に教わることなどなにもない」

八雲はきっぱり言い捨てるが、千鶴は松葉の発言が気になった。

さらわれて恐ろしい思いもしたけれど、根っからの悪者というわけではなさそうだと感じているからだ。

「そうか。お前の頑固な嫁にかかわることかもしれないが」

自分の話題が出たのに驚き、浅彦の背から少しだけ顔を出す。すると松葉と一瞬目が合い、そらしてしまった。

「千鶴の？……なんだ？」

「お前、昨晩は儀式だっただろ？」

「そうだが、千鶴となんの関係がある？」

まったく話が読めなくて、千鶴の緊張が高まっていく。

「俺も儀式に赴いていたが、すぐに終わって屋敷に戻ってきた。そうしたら、尋常ではない強い気を感じたんだ」

「気？　死神のか？」

八雲が聞き返すと、松葉は意味深長な笑みを浮かべる。

「そうだ。俺が戻ってきた途端消えた。どうやら、お前の嫁はぴんぴんしているようだな。よかったな、俺みたいなあぶれ者が押し入ったわけじゃなくて」

松葉は死神の侵入を察して、千鶴に異変がないか確かめに来たのだろう。

翡翠の訪問を八雲に黙っていた千鶴は、気まずくて視線が泳ぐ。

翡翠は昨晩、突然帰ると言い出したけれど、こうして死神同士気配を察することができるのだから、松葉が戻ってきたと気づいたのかもしれない。

「そう、か」

「おや？　思ったほど驚かないのだな。ほかの死神がこの屋敷に出入りしていると知っていたのか？」

挑発するような言い方をする松葉は、再び千鶴に目を合わせた。ひとたび松葉ににらまれると、千鶴の心臓はぎゅうと縮こまる。

「頑固なだけでは死神の世は渡れない。せいぜい気をつけることだ」

頑固とは、松葉との婚姻を拒否し、頑（かたく）なに飲み食いしなかったことを指しているのだろう。

強い視線に耐えられなくなった千鶴が顔をそむけると、松葉は再び八雲に向かって話しだす。

「俺は、お前に借りを返しに来ただけ。信じるも信じないも勝手だ。じゃあな」

松葉はそう言い捨て、跡形もなく消え去った。

小さな溜息をついた八雲が、振り返って近づいてくる。

「浅彦。席を外せ」

「かしこまりました」

浅彦に退出を促した八雲は、難しい顔で千鶴を見つめた。

「翡翠か？」

そしてひと言。

翡翠に黙っておくようにと口止めされているものの、さすがに否定できない。

「そう、です」

「なぜ黙っていた！」

語気を強める八雲ににらまれ、背筋に冷たいものが走る。

「申し訳ありません。翡翠さんが、八雲さまに警戒されたら来にくくなるとおっしゃるので。でも、悪い方では決して――」

「秘密にしておけというのがあやしいではないか」

「それでは、正直にお話ししたら、翡翠さんの訪問を許してくださいましたか？」

千鶴は思わず言い返してしまった。

八雲が心配しているのはわかる。しかし、一之助が父のところに帰ってしまい沈んでいた自分を慰めてくれたのは翡翠だ。彼女が苦しい想いに共感して泣かせてくれたから耐えられた。

「それは……。しかし、どんな死神かわからないのだ。お前は悪い方ではないと言うが、それが本性かどうか判断できるのか？」

たしかに八雲から『気を緩めすぎてはならん』と警告された。けれども、女学校時代を思い出したと話したら、よかったと言っていたはずだ。

千鶴は心の中で反発する。

「……できません。でも、私は翡翠さんに話を聞いてもらえて冷静になれたんです」

強く翡翠を否定されて、千鶴の頭に血が上る。

「だとしても、もう会ってはならん」

「どうしてわかってくださらないの？　……失礼します」

「千鶴」

取り乱した千鶴は、部屋を飛び出した。

八雲とぶつかったのは初めてだ。

一番苦しいときに寄り添ってくれた翡翠が、そんな狡猾(こうかつ)な死神だとは思いたくない。

千鶴は自室に戻って障子を閉めたあと、その場に座り込んでしばらく放心していた。

松葉に『尋常ではない強い気』と言われて、千鶴に危険が迫っているのではないかと動揺してしまった。

その〝気〟が翡翠のことを指しているのはすぐに察したが、千鶴があれからも翡翠と接触しているとは思わなかったのだ。

少々きつい言い方をしたせいか、千鶴は目に涙をうっすらと浮かべて部屋を出ていってしまった。

この館に出入りできるのは死神だけ。だから翡翠が自分たちの仲間なのだとはわかっていた。しかし〝尋常ではない強い気〟というのが気になる。

死神は、死期が近い人間や死神、そして悪霊の気配を感じ取る能力がある。見習いの浅彦はまだそこまで達していないのだが、松葉は十分に感知する能力があるはずだ。その松葉が言うのだから、普通の死神には感じない強さだったのだろう。

その強い気にどんな意味があるのか八雲にもわからず、とても警戒心を解くことはできない。

ただ、千鶴の『翡翠さんに話を聞いてもらえて冷静になれたんです』という発言が八雲の胸に突き刺さっている。

一之助を父のもとに帰したことで、千鶴の心に反発心のようなものが渦巻いていたのは知っていたし、あれほど愛しんでいた一之助を手放さなくてはならなくなった彼女の悲しみも理解していたつもりだった。

けれども、〝つもり〟だっただけ。

できる限り、沈む千鶴の近くにいるようにはしたが、彼女が苦しい胸の内を吐き出せたのは自分ではなく翡翠だったのだろう。

八雲には〝友〟というものの存在がよく理解できない。今まで自分にそうした者がいなかったからだ。

今でも、千鶴と浅彦、そして一之助がいれば十分だし、ほかに話し相手が欲しいとは思わない。しかし、人間にはそういう存在が多くいるとも耳にした。千鶴が女学校時代に仲がよかったという光江のように。

やはり自分は千鶴から大切なものを奪ってしまっているのだろうか。

そんな想いがあふれてくるが、さりとて千鶴を手放したくはない。

「浅彦」

千鶴が出ていったあと浅彦を呼ぶ。

「なんでしょう？」

顔が険しい浅彦もまた、翡翠の存在が気になっているに違いない。

「翡翠についてなにか知っているか？」

「いいえ。聞いたことがございません。千鶴さま、大丈夫でしょうか？」

浅彦も八雲と同じような懸念があるようだ。

「翡翠について探れ」

「御意」

鋭い目をした浅彦が立ち去る姿を見ながら、千鶴は必ず自分が守ると誓った。

その晩から、儀式の折には浅彦を屋敷に残していくことにした。千鶴にそれを伝えると「大丈夫なのに」と顔をしかめたが、なにかあってからでは遅い。

戻ってきた一之助とは、仲睦まじい様子が見られるようになり微笑ましいものの、今度は自分と千鶴の間に見えない壁ができてしまったように感じた。

松葉との一件があったため、少々警戒心が強くなっているのは認める。だが、千鶴の無事が一番大切なのだ。

小石川で儀式を終えて戻ってくると、迎え入れてくれたのは浅彦だった。

「千鶴さまは、一之助と一緒にお休みになっています」

「そうか」

なにも言わなかったにもかかわらず、千鶴の出迎えがないのに少し落胆していることを浅彦は察したらしい。

今までも一之助に振り回されて深く眠っているときは、足音に気がつかず出てこないこともあった。もちろん、真夜中にわざわざ出迎えなくてもかまわないと伝えてある。けれど、翡翠について意見が相反している今はどうしても気になるのだ。

「なにかわかったか？」

「近隣の死神に聞いて回りましたが、皆一様に翡翠という死神に心当たりはないと」

「やはりそうか」

ほかの死神に興味がないとはいえ、近くで儀式を行っている者の名前くらいは耳にすることがある。

千鶴は、翡翠は遠くの地域の台帳を預かっていると言っていたが、いったいどこなのだろう。

死神は数多く存在するため、知らない者がいてもおかしくはない。ただ、八雲が人間の妻を娶り屋敷に住まわせているという噂を聞きつけてやってきたからには、そう遠くもない気がする。いや、こんな特殊な例はなかなかないのだろうから、わからないが。

「引き続き調べてくれ」

「承知しました」

「今宵は、気配はなかったか？」

「はい。いくら私の察知する力が弱いとはいえ、屋敷に来た死神の気配くらいはわかります。ですが、まったくなにも感じませんでした」

死神であれば自身も儀式があるはずだ。今夜は儀式があったため来られなかったのか、はたまた用心棒に浅彦を置いていったから近づかなかったのか。もし後者であれば、やはりあやしさは拭いきれない。単なる友ならば堂々と姿を現せばいい。

「そうか。千鶴と一之助を頼むぞ」

「かしこまりました」

それから三日。翡翠が姿を現すことはなかった。

千鶴と会話は交わせども、どこかよそよそしいままだ。

八雲は奥座敷で千鶴から文字を教えてもらっている一之助の様子をうかがいに行った。

「一之助、名が書けるようになったようだな」

「はい！」

千鶴に嫌われたわけではないとわかった一之助は、こちらに戻ってきてから自分の名を学び完全に覚えたようだ。

石盤に蠟石で〝いちのすけ〟と得意げに書く彼は、目が輝いている。

「うまいではないか」

八雲が褒めると、一之助は照れくさそうに千鶴に抱きついた。

そういえば……八雲も幼い頃に死神に必要な呪文や心得をこんこんと説かれた。ただ、それを教えてくれたのが誰なのかはまったく覚えていない。

「一之助くん、たくさん練習したんですよ。今度は八雲さまのお名前を書けるようにすると頑張っているんです」

そう報告してくれる千鶴だが、一向に視線を合わせない。

翡翠を遠ざけようとする自分に不信感があるのだろう。千鶴にしてみれば、友を奪われたのだから。

「そうか。一之助、楽しみにしている」

「はい!」

「さて、お勉強はこのくらいにして、お庭で遊びましょうね」

元気な返事をする一之助の手を引いて、千鶴は離れていった。

「や、八雲さま!」

その直後。廊下をバタバタと走ってくる浅彦の声が聞こえる。

「ここだ」

八雲が声をかけると、すさまじい勢いで障子が開いた。

「もう少し静かにできぬのか」

「申し訳ございません。ですが!」

行儀悪くうしろ手で障子を閉めた浅彦は、八雲の前で膝をついた。

「なんだ？」

「噂を……」

「翡翠のか？」

ついに翡翠についての手がかりをつかんだのだろうと期待したものの、浅彦は首を横に振る。

「翡翠については、相変わらず誰に聞いても知らないという返事しかありません」

「それではなんなのだ？」

「実は……翡翠について聞きまわっておりましたら、別の話を耳にしたんです。八雲さまと千鶴さまのように、死神と人間が結ばれた例があるようでして」

まったく想定外の報告に、八雲は目を見開いた。

「死神と人間が？」

「はい。それで、子をもうけたようで」

「本当か！」

八雲の声が自然と大きくなる。

「その死神がどこにいるかとか、子がどうしているかについてはわかりませんでした。ただ、死神の子を生んだ女が人間の世にいると」

「生きているのか？」

「そのようです」

　ということは、さほど昔の話というわけでもなさそうだ。

　驚きでしばらく言葉をなくしていると、静かに障子が開いた。

「千鶴……」

「浅彦さん、今の話、本当ですか?」

　どうやら聞いていたらしい千鶴は、真剣な表情で問う。

「あ……」

　浅彦は言い淀み、八雲に視線を送った。

「浅彦さん!」

「……本当、です」

「どこにいるの? 会いに行きますから教えてください」

　千鶴は希望に満ちた目で浅彦を見つめる。

「千鶴。落ち着きなさい」

「八雲さまは子が欲しくないんですか?」

　彼女がこんなふうに取り乱すほど子を授かりたいと願っていたとは知らなかった。

　もちろん、八雲も子を望んではいたが、千鶴が以前話していたように、できなければ仕方がないと思っていたからだ。

「そういうわけでは……」

「翡翠さんも、かつて死神と恋に落ちた人間がいたと話していました。きっと浅彦さんのおっしゃっていることは間違いありません」

千鶴の口から翡翠の名が出たため、八雲の警戒心が強まる。自分をまっすぐに見つめて訴える千鶴に申し訳ないと思いつつも口を開いた。

「翡翠を信じるのは危険だ」

「でも！　浅彦さんだって同じことを聞いていらっしゃったんでしょう？」

「これは翡翠の罠かもしれない。会いに行ってはならん」

翡翠についてはいくら調べてもなんの話も出てこないのに、同じような頃合いに同じ話題が耳に入ってくるのは不自然ではないだろうか。

「……もし、八雲さまがおっしゃるように罠だったとしても、私はその方に会いたい。どうしたら子を授かれるのか、死神と人間の間の子はどうなるのか……。八雲さまは知りたくないですか？」

これほど聞く耳を持たない千鶴は記憶にない。八雲の意見に反対することは今までもあったが、自分以外の考えも一考する姿勢は持っていた。しかし、今の千鶴はあまりにも頑なだ。

「好きな方の子を生みたいと思うことも許されないの？」

「千鶴……」

瞳を潤ませ、顔をゆがめながら漏らした千鶴のひと言が八雲の胸に突き刺さった。

なんなのだろう、この痛みは。

強い力で心臓を握られたような苦しさを感じた八雲の目は、今にもこぼれ落ちそうな千鶴の涙をとらえていた。

八雲とて、千鶴のまつげを濡らしたくなどないのだ。

「浅彦」

「はい」

「その女の居所はつかんでいるのか？」

問うと、浅彦は目を丸くし、千鶴は身を乗り出した。

「はい」

「浅彦。一之助を頼んだ。千鶴、参るぞ」

八雲が立ち上がると、千鶴の顔にたちまち喜びが広がった。

死神の子を生んだという竹子（たけこ）は、潮の香りが漂う小さな町にいた。

漁村で網の繕いをしながら生計を立てているという彼女は、髪は白髪、目尻のしわも深かったが、目に力のある女性だった。

千鶴は八雲とともに、海辺の大きな石に腰掛けて網を繕っていた竹子を訪ねたものの、なにをどう切り出したらいいのかわからない。

竹子があまりに普通の人間で、死神の子を孕み、生んだのは本当なのかと疑ってしまったからだ。しかも、浅彦が話していた通り、傍らに夫である死神の姿も、子の姿も見えなかった。

とはいえ、死神八雲の妻となった自分も、ただの人間だ。そう思いなおした千鶴は、竹子に近づいていった。

「こんにちは」

「はい、こんにちは」

竹子の声は想像より高く澄んでいた。海風に乗ったそれが心地よい調べとなり耳に届く。

網を繕う手を止めて不思議そうに千鶴を見つめる竹子は、次に後方にいた八雲に目を移し、細い眉をぴくりと動かした。

「魚を買いに来たのかい？　ここにはないよ。四軒ほど先の家で声をかけてみな」

竹子はそれだけ言うと、再び網を手にして黙々と作業を始める。

「あの……」

「私が死神だと気づいているな」

再び千鶴が話しかけようとすると、八雲が切り込んだ。

竹子がろくに話も聞かずふたりを遠ざけようとしたのは、八雲が死神だと気づいたからだろうか。

ふぅ、と溜息をつく竹子は、完全に網を置いて八雲に視線を送る。

「死神？　なに言ってんだか。そんなもの、ただの噂でいやしないでしょ。悪い冗談はそのくらいにして、もう行っとくれ。仕事の邪魔だ」

竹子は迷惑そうに八雲と千鶴を追い払い、作業を再開する。しかし八雲は気に留めることなく一歩近づいた。

「私は八雲。死神だ。彼女は私の妻の千鶴。お前と同じ人間だ」

八雲がそう告げると、竹子の手が再び止まる。仕事でできたのか傷だらけではあったが、千鶴はその働き者の手を愛おしく感じた。三条家の使用人仲間も、同じように傷だらけだったと思い出したからだ。

竹子は、今度はゆっくり視線を上げていき、千鶴をじっと見つめて瞬き(まばた)を繰り返す。しばらくなにかを考えている様子だったが、網を置いて立ち上がり、腰を伸ばすように背をそらした。

「はぁ……。一日中同じ恰好をしていると体が固まっちまう」

唐突にそう言う竹子は、八雲を横目で見て続ける。

「余計なことを誰かに聞かれては困る。来なさい」

そう言って歩き始めた竹子に続いた。

曲がりくねった細い路地を進む竹子の足が止まったのは、古ぼけた板壁、妻入りの家の前だ。

彼女は戸に手をかけて引いたが、ガタッと音を立てるだけで開かない。それを見ていた八雲が近づき、片手でいとも簡単に開けてみせた。

「建付けが悪くて。ぼろ家だけど入って」

竹子は白髪ではあるけれど、体はしゃんとしている。すたすたと家の中に足を進めた。八雲に背を押された千鶴も続く。

「なんにもないけど。お茶くらい出すから座って」

「どうかお構いなく」

四畳半のその部屋には、ちゃぶ台があるだけ。奥にもうひと部屋あり、片隅に着物が何枚かと夜具が積んであるが、簞笥もなく殺風景だ。部屋に上げてもらった千鶴は少し緊張していた。

ここに来る間も、あまり期待ばかり膨らませてはいけないと、はやる気持ちを落ち着かせようとした。けれど、八雲との間に子が欲しいという気持ちが大きく膨らんでいる千鶴は、子を授かれるかもしれないという希望でいっぱいなのだ。

八雲と千鶴の前にお茶を置いた竹子は、少し乱れていた襟元を整えながら正座した。

「ありがとうございます」

千鶴はお礼を言って湯呑みを手にしたものの、八雲は微動だにしない。重苦しい空気が漂っていて、千鶴の心がピリリと引き締まる。

「そんなににらまなくても、私にはなんの力もありゃしません。それとも、あなたの妻はあなたと契りを交わして特別な力でも授かったのかい？」

竹子の言葉で、八雲が警戒しているのだとようやく気づいた。

「いや。死神の世には、まだ私も知らないことが転がっている。誰かが私たちをあなたのところに導いたとしたら、なんのたくらみがあるのだろうと思っただけだ」

その〝誰か〟が翡翠を指すとすぐにわかったけれど、まさか竹子と結託していると考えているとは。

「たくらみ？　そんな面倒なものあるもんか。そもそも、あなたたちのほうから来たんだ。気に入らないなら帰ってもらって結構」

竹子の怒気を含んだ声に焦る千鶴は、「お気を害したら申し訳ありません」と頭を下げた。どうしても竹子に話を聞きたいのだ。

「それは申し訳ない。絶妙な頃合いで他に動いている死神がいるもので」

どうやら八雲は、竹子の発言で少々警戒を解いたようだ。もし翡翠とつながっていて引き寄せたならば、『帰ってもらって結構』などという言葉は出てこないからだろう。

「他に動いている？」

「いえ。あなたに関係がないのなら忘れてください。私たちは、あなたをこちらに引き込みたいわけではない」

八雲はそう言ったあと、ようやく湯呑みに手を伸ばした。

「……やはり、人間と暮らしていると飲み食いするようになるんだねぇ」

感慨深い様子で竹子が語り始める。

「あなたの夫もそうだったのか？」

八雲が尋ねたが、竹子はふっと笑っただけで答えを避けた。

「それで？　なにしに来たんだい？　私は昔のことをあれこれ詮索されるのは好きじゃないんだよ」

「あのっ……。私、八雲さまとの間に子を望んでいまして……」

千鶴が告白すると、竹子の顔が一瞬曇った。それがなにを意味するのかわからず、緊張が走る。

「……それで、私が死神の妻だったと聞いてやってきたというのかい？」

「はい。なかなか授からないので、死神と人間との間には子を持てないのかもしれないと思っておりました。でも竹子さんが子を生んだという噂を耳にして、本当に授かったのかどうかお聞きしたかったのです」

千鶴は一気に畳みかけた。答えが知りたくてたまらないのだ。

「ほぉ、噂。私も有名になったもんだね」

落ち着き払った声を漏らした竹子だったが、湯呑みを何度も握り直している。内心は動揺しているのかもしれない。

千鶴は固唾を呑んで見守った。

「……死神の世は、子は生まれにくいのだ」

「生まれにくい？　でも、生まれないわけではありませんよね？」

千鶴が勢いよく食いつくと、竹子は渋々ながらもうなずく。

「そもそも死神同士でもなかなか子は授からないのだ。死神と人間との婚姻ではなおさら。……八雲さまとおっしゃったか」

「はい」

「あなたたち死神は、ほかの死神にはあまり興味がないのでは？」

「その通りだ。私は千鶴に出会うまで、孤独というものがどんなものなのかも気づかなかった。周辺の死神と顔を合わせたことはあれど、深い話をしたいと考えたことすらなかったのだ」

竹子の問いに真剣に答えながら、八雲は緊張で少々顔がこわばる千鶴に視線を送る。

「なるほど。千鶴さんに出会って、他者と心を通わせる心地よさを知った、ということか。まあ、そうでしょう。そのように育てられるようだし」

育てられる？

竹子の言い方が少し気になった千鶴だったが、余計な口を挟まず耳を傾け続ける。

「ほかの死神に興味がないのでは、子をもうけようもない。長い年月、ひとりで黙々と儀式をこなしてきた死神はそれ以外を求めないから、そもそも子が欲しいという発想にはならない。まれにほかの死神の屋敷に赴く者もいるようで、子が生まれた例はある。でも、簡単にはできないようだ」

やはり、人間の夫婦のようにはいかないらしい。

竹子は死神の世の事情について話し始めたものの、自分が子を生んだとはまだ口にしない。言いたくないのか、あれは単なる噂で本当は生んでいないのかどちらなのだろう。

「ましてや死神と人間が契りを交わすことはまずない。死神の子を生むなんて不幸になるだけだ。やめておきなさい」

詳しい話が聞けると期待で胸が膨らんでいた千鶴は、『不幸になるだけだ』という竹子の言葉に衝撃を覚えた。

「どうして、ですか？　竹子さんは死神の子をお腹に宿したのではないですか？」

「千鶴」

この機会を逃してはならないと焦り、竹子を責めるような口調になってしまった。するとと、八雲に止められる。

「ごめんなさい」

「いいのよ。千鶴さん、不安なんでしょう？　だったらなおさら子を望むなんてやめなさい」

「でも……」

不安には違いない。八雲との間に子はできるのか。もしできたとしたら、その子は人間なのか死神なのか。子は人間と同じように育っていくのか。死神だったとしたら、いつかは八雲のように儀式を執り行わなければならなくなるのか……など、知りたいことだらけなのだ。

必死な千鶴に、竹子は小さく首を横に振る。

「死神の世に子が誕生するのは稀有なこと。だからこそ、大主さまは待ち望んでいらっしゃる」

「大主さま？」

初めて聞く存在に、千鶴は首をひねる。

「もしや……」

隣の八雲は目を見開き、驚愕の表情でつぶやいた。

心当たりがあるのだろうか。

「竹子さん、大主さまって、どんな方なのですか？　子の誕生を待ち望んでいらっしゃるなら、竹子さんはどうして反対なさるのですか？」

腑に落ちないことだらけで、千鶴の声が次第に大きくなっていく。

「それは知らないほうがいい。とにかく、子をもうけるのはやめなさい。八雲さま。千鶴さんが大切ならば是非そうしてください。今以上を求めてはなりません」

竹子は険しい顔でぴしゃりと言い放った。

「竹子さ――」

「千鶴」

再び口を開こうとすると、八雲が千鶴の肩に手を置いて止めた。

「今日は申し訳なかった。あなたに、嫌な過去を思い出させたかもしれない」

八雲がそう言うのを聞き、千鶴は自分のことしか見えていなかったと反省した。

竹子が、自分たちがこれから歩む道を示してくれると思い込んでいたけれど、竹子には竹子の事情がある。不幸になると断言するからには、死神との子を生んだだろう彼女の人生が幸福だったわけではないはずだ。

寿命があるのは人間のほうなのに、竹子の傍らには夫である死神の姿もなければ、生んだはずの子もいない。

子はもしかしたら成長して別のどこかで暮らしているかもしれないけれど、穏やかな日々を過ごしているのであれば、子をもうけることを断念しろとは助言しないだろう。

「ごめんなさい。私……」

「気にしなくていい。とにかく、私から言えるのはそれだけだ。この町は魚がよく獲れる。今時分はスズキがおいしいから、買って帰りなさい。人間の嫁をもらった死神は舌が肥えるからね」

頬を緩めてそう言う竹子だが、よく見ればその瞳は悲しみに沈んだ色をしていた。

竹子に紹介された漁師の家でスズキを手に入れて屋敷に戻ったものの、台所で放心したままなにも手につかない。

竹子は、子ができないとは言わなかった。けれども、子を望むべきではない、今以上の幸せを求めるなと強く釘を刺した。

それがどうしてなのか千鶴にはまったくわからないが、あのときの竹子の圧倒するような視線は彼女の強い意志を示していた。

「なんで……」

自分と同じように死神に嫁いだ人間がいて、子をもうけたと耳にして、浮き立っていたのは認める。自分と八雲にもそういう未来があるのだと期待した。

光江が壊れそうなほど小さな娘を胸に抱き、女学生の頃とは違うすべてを包み込むような温かな眼差しを向けているのを見て、あれが母性というものだろうかと感じた。そして自分も……と思ってしまった。

光江のようにこの腕に自分の子を抱けると胸を躍らせた直後に、それを望んではならないと言い渡されて、どれだけ落胆したか。しかも理由を教えてもらえず納得できないため、気持ちが晴れることもない。とはいえ、不幸になると言われては怖気づくのもまた事実だった。

「……鶴。千鶴」

「は、はい」

八雲に名を呼ばれ我に返った千鶴は、心の中を探られまいと表情を引き締める。

「まったく。浅彦が声をかけても気づかないと心配していたぞ。ここは浅彦に任せて来なさい」

「申し訳ありません」

声をかけられていたことに気づかないほど、竹子との一件を深く考え込んでいたようだ。

八雲に続いて奥座敷に向かうと、浅彦とすれ違った。

「浅彦さん、あのっ……」

「八雲さまと少しゆっくりなさってください。一之助の子守りも食事の用意も私がいたしますから」

「すみません」

竹子のところから戻ってから心ここにあらずで、食事の支度だけでなく、一之助との触れ合いもしていなかった。「千鶴さまぁ」と甘えて駆け寄ってくる姿がないのは、浅彦が相手をしてくれていたからに違いない。

申し訳なくて頭を下げたあと、八雲に続いた。

「さて」

部屋の真ん中であぐらをかいた八雲は、千鶴にも座るよう促してくる。

「お前はひとつのことに没頭しすぎる癖がある」

「おっしゃる通りです」

今後の人生に大きな影響がある出来事だったのだ。普段通りではいられない。

「謝る必要はないが……。竹子のことで悩んでいるのだろう？」

八雲の問いかけに素直にうなずいた。

「詳しく話したくないわけがありそうだったな。いくら私たちが知りたくても、竹子のほうに明かさなければならない義理はない。竹子にとって、死神の夫を持ち子を生んだことは、後悔でしかないのかもしれないのだし」

それを死神である八雲の口から言わせてしまうのが忍びない。竹子は死神と契りを交わして後悔したかもしれないけれど、千鶴はそうではないからだ。

いや、今後もそうだと言いきれるだろうか。いつか我が子を抱いた光江に嫉妬するかもしれない。なにより、この屋敷にいる限り、夫の存在を家族や大切な人たちに明かすという機会すら千鶴にはないのだ。

生贄の花嫁としてここに足を踏み入れたときは、命すらないと思っていた。けれども八雲が生かしてくれて、妻にまでしてくれた。それで十分だったはずなのに、自分はなんと欲深いのだろう。

千鶴がなにも言えないでいると、八雲が続ける。

「私は以前、もし子を授かったとして、その子が人間なのか死神なのかはわからないと話したな」

「はい」

たしかにそう聞いた。それでも、どちらでも構わないと八雲が言うので、温かい気持ちに包まれた。

「死神にとって、血はとても重要なものだ」

「承知しています」

人間の魂を黄泉に導くためにも使うし、たった一滴で人間を死神にすることもできる。死神の血とは、人のそれより大きな役割を持っている。

「ほんのわずかな量が人間の体に入っただけで、呪文を唱えれば死神となる。と考えると、おそらく私たちの間にできる子は死神なのだろうと思う」

それは薄々千鶴も勘づいていた。

ただ、八雲や浅彦、そして翡翠と話していると、自分の子が死神として生まれてくるのが嫌だとは思えない。

もちろん、永遠の命を背負い、死神としての儀式をこなすという役割があることへの不安はあれど、死神がとても重要な任務を請け負ってくれているのだと知っている今、拒否する気持ちはないと言っていい。

「八雲さまは、ご自分が死神として生を受けたのを嫌だと思われたことはありますか？」

千鶴はずっと気になっていたことを口にした。

もし生まれてきた子が苦しむのであれば、生まないという選択が正しいかもしれないからだ。竹子の強い反対は、そうした後悔からきているのではないかと少し感じている。

「難しい質問だ」

小さく溜息をついた八雲は、それからしばらく黙り込み、なにかを考えていた。

着物に包まれた八雲の厚い胸板が呼吸するたびに動いている。千鶴の息はいつか止まる日が来るけれど、八雲は永遠にこれを繰り返すのだ。

おそらく、永久の命をうらやましいと思う者もいる。しかし、死ねない残酷さを知っている八雲はなんと答えるだろう。

「……私はずっと儀式の折の人間の醜い姿にあきれていた。だから人間ではなく死神でよかったと思っていた頃もある。とはいえ、毎日のように罵倒されることが煩わしくもあった」

「はい」

八雲の正直な気持ちに千鶴はうなずいた。

「しかし……死にゆく者たちの叫びを汲み取るようになってからは、毎日の淡々とした儀式の繰り返しに価値を見出せるようになった。それが人間の救いになっているのであればありがたい」

「はい。黄泉に行ってしまえば記憶がなくなります。ですから、人間が八雲さまに感謝の気持ちを抱くというのは、これからもないかもしれません。でも、八雲さまたち死神のおかげで、私たち人間は次の世を目指せます」

人間はなにも知らない。死神の役割も、現世での念を背負ったまま黄泉に旅立つと次の生を受けるまで時間がかかってしまうことも。だから、八雲に手を合わせるようなことはないけれど、きっと死神の役割を知ればほとんどの人間がありがたいと思うはず。

「ありがとう、千鶴。これからも自分の役割をきちんとまっとうしたいと考えている。ただ、永遠の命が重いと思うこともある。千鶴がいなくなってしまった世界に取り残されたくないのだ」

不意に八雲に手を握られて、心臓が大きな音を立てる。

「しかし、お前は私のところに戻ってくると約束してくれた。ならば私は、死神としての責務を果たすだけ。今は、死神として人間の役に立てるのが誇らしいと思っている」

八雲が穏やかな顔で語るので、千鶴は安堵していた。

「ただし、竹子の言葉は引っかかる。私たちが子を授かりたいと思うことが正しいのかどうか、正直、私にも判断がつかない」

「そう、ですね」

不幸という強い言葉でけん制されては、戸惑うのは当然だ。


その晩も、八雲は儀式に出かけた。

翡翠を警戒する八雲はやはり浅彦を置いていく。

千鶴は一之助を寝かしつけたあと、浅彦の部屋に向かった。

「浅彦さん」

「はい。どうかされましたか？」

すぐに障子を開けて招き入れてくれた浅彦は不思議そうに問い、千鶴を中へと促して座布団を出した。

「浅彦さんは、死神と人間と両方の生活を経験していますよね。死神になって後悔していますか？」

八雲は人間の生活を知らない。浅彦の意見も聞きたくて来たのだ。

「……なにがあれども永遠に生きなければならないのが重いと感じることはあります。ですが、後悔はしておりません。死神が行う儀式は、誰かがやらねばなりません。そうでなければ、今頃人の世は廃れていることでしょう」

千鶴は深くうなずいた。

死神が儀式を行わなければ、悪霊があふれて人間は生きてはいられないはずだ。

「私のような者でも人間の役に立てる。それが今はうれしいのです。私は八雲さまに救われました」

すずとの壮絶な過去がありながらも、柔らかな表情で語る浅彦を見ていると、これが本音だと伝わってくる。

「ただし」

浅彦は姿勢を正して千鶴を強い目で見つめた。

「竹子さんの話を八雲さまからお聞きしました。死神は、永久の命を背負う覚悟が必要です。とはいえ、おふたりの子が死神として生を受けることは、なにも問題ないと私は思います。でも、『不幸になる』という言葉の真意がわからない今、安易に子を望まれるのは反対です」

浅彦がこんなにはっきりと千鶴に意見するのは珍しい。それほど強い気持ちなのだろう。

「そう、ですよね……」

「一之助の面倒を見ているとかわいくて、千鶴さまが八雲さまとの子を望まれる気持ちは痛いほどわかります。ですが、私はこの先誕生するかもしれない命より、八雲さまと千鶴さまが大切なのです。これは、わがままな従者の願いです。ですが、ぜひとも聞き届けていただきたい」

「浅彦さん……」

わがままなんかではない。浅彦は心から八雲を尊敬し、そして慕っているだけ。そんな主になにかよくないことが降りかかるかもしれないと聞けば、反対するのは当然だ。浅彦は忠実すぎるほどの八雲の従者なのだから。

「心配かけてごめんなさい。ありがとうございます」

千鶴は明確な答えを出せぬまま浅彦の前を去り、一之助の眠る部屋に向かった。

「不幸になるって、どういうことなのかしら……」

竹子の言う〝不幸〟がなにを指すのかわからない今、やはり、子を望むべきではないのだろうか。

自分だけならまだしも、八雲まで巻き込むわけにはいかない。八雲は小石川の人間にとっても大切な存在で、浅彦が誰より敬愛する主なのだ。

スースーと同じ調子で呼吸を繰り返す一之助の髪を撫でながら考える。

「八雲さまが人間だったらよかったのに」

決して口にすべきではないと思っていた言葉がとうとう漏れてしまった。

千鶴は自分が思っている以上に竹子の反対に心を削がれていた。八雲との子を授かれるかもしれないという期待が大きすぎたのもあるけれど、光江の幸せそうな顔を見たのも一因だ。

　混乱した気持ちを抑える術(すべ)を知らない千鶴は、すやすや眠る一之助を見て、ひとり静かに涙をこぼした。

　竹子に子をもうけることを反対されてから、千鶴がひどく沈んでいる。

「お帰りなさいませ」

　儀式を終えて屋敷に帰ると、いつものように千鶴が玄関に出てきてくれた。眠っていればいいと何度言っても「気になってしまって」と彼女は健気に笑うが、ここ数日はひどく疲れた様子だ。目の下はくぼみ、心なしか顔色も悪い。

　日中、一之助の前では笑顔で過ごしてはいるものの、いわゆる空元気なのが見て取れる。眠れていないのではないだろうか。

「あぁ。一之助はぐっすりか？」

「はい。先ほど覗きましたら大の字で気持ちよさそうに」

　千鶴はかすかに口の端を上げたものの、その笑みはどこか痛々しかった。

「それでは、私の部屋に来なさい」

「承知しました」

玄関を上がると、サッと草履を整えた千鶴は一歩うしろをついてくる。部屋に入った彼女は、丁寧に両手で障子を閉めた。

「今宵は一緒に休もう。眠れていないのではないか？」

「えっ……」

千鶴は目を丸くして、絶句した。

「それとも、私と一緒では余計に眠れないか？」

「そんなことはございません。八雲さまの腕の中はとても安心するのです」

耳を赤くして言う初々しい妻を愛おしく感じる八雲は、千鶴を褥に招き入れて抱きしめた。

「今はなにも考えずともよい。体を休めなさい」

「はい」

翡翠と会ってはならないと告げてから、千鶴との間には溝ができてしまった。しかし、彼女を大切に想う気持ちは夫婦の契りを交わしたあの日から少しも変わっていないのだ。

ただ、自分の存在が千鶴の負担になっているのではないかと思えて仕方がない。千鶴が自分以外の人間の男と結ばれて、その男の子を宿すなんて考えたくはないけれど、人間として平凡な幸福を求めたほうが彼女のためではないかと思えてしまう。

　無意識なのか、八雲の浴衣を強く握りしめてまぶたを下ろした千鶴は、しばらくすると寝息を立てだした。

　いつもは寝つきが悪いのに、やはり疲れているのだろう。

「すまない、千鶴」

　八雲は千鶴の額に唇を押しつけて、自分も眠りについた。


　翌朝。早々と起床した千鶴は、台所で食事の準備をしているようだ。そっと様子をうかがいに行くと粥を炊く鍋の前で放心している。おそらく、竹子の不幸になるという言葉の意味を悶々と考えているのだろう。

　八雲もその真意を知りたかったが、あれ以上竹子を追及しても口を割らなかったように思う。言えないなにかがあるのだ。

　八雲とて、愛おしく思う妻との間に子が欲しくないわけではない。生まれてくる子をこの腕に抱きたいと思っている。

　そんな感情があるのは驚きだったが、自分を慕う一之助を見ていると愛おしくてたまらないのだ。

　人間と死神との間に子を授かるのが無理ならば、それはそれとして受け止めようと覚悟していた。けれども、千鶴の子供が欲しいという願いはことのほか強かった。

なんとかして子を授かりたいと思うのは、光江の幸福そうな姿を見たからに違いない。かつて、自分と同じような境遇にあった者がつかんだ幸せを自分もつかみたいと思うのは自然なことだ。それを叶えてやれない八雲は、申し訳なく思っている。

最近、突然出没するようになった翡翠の存在がどうしても気になり、竹子のところに向かうのも危険だと思っていた八雲が折れたのは、千鶴の気持ちを汲んだからだ。たとえ罠だとしても、死神と人間との婚姻、そして出産について知りたいという千鶴の強い気持ちを拒めなかった。

それにしても……『死神の世に子が誕生するのは稀有なこと。だからこそ、大主さまは待ち望んでいらっしゃる』という竹子の発言が気になっている。

大主さまの存在は死神であれば誰もが知っている。死者台帳を管理し、死神の頂点に立つお方だ。悪霊を多数生み出す死神に引導を渡して幽閉するのも大主さま。しかし、その姿を誰も見たことがなく、存在は謎だらけなのだ。

竹子の話を聞いたとき、八雲はとっさに思ったことがあった。

——大主さまとは、もしや……。

八雲の考えが正しければ、大主さまはとてもしたたかな死神だ。

「厄介だな」

八雲は千鶴のうしろ姿を見ながら溜息をついた。

それから十日。

色なき風が吹く季節となったが、今年は気温がなかなか下がらない。庭で自分の影と闘う一之助は額に汗をかいている。

「一之助くん、少し休憩しましょう。お茶を用意しましたよ」

千鶴は笑顔で一之助に話しかけているが、あれからいっそう顔色は悪化していてやつれ気味だ。

儀式が早く終わった日は千鶴と床をともにするようにしているのだが、一旦眠りに落ちたと思った彼女がしばしば布団を抜け出して、縁側で物思いにふけっているのを知っている。そんなときは隣に行って抱きしめたい衝動に駆られるが、ぐっとこらえた。

千鶴を人間の世に戻したほうがいいのだろうか。このままここに置いておいては、彼女が思い描く幸福な未来を与えてやれない。

そんな気持ちが強まってくるが、どうしても手放す決心がつかず悶々とするばかり。

千鶴は八雲にとってはならない存在になっているのだ。現世だけでなく来世までの契りを交わした彼女を失うのは耐えられそうにない。

儀式の際、どんなおぞましい死に際を見ても、どんな醜い旅立ちに立ち会ってもここまで苦しくなったことはないのに。

「千鶴さま！」

大声で叫ぶ一之助の視線の先で、お茶を運んでいた千鶴が膝から頽れるのを見て息が止まりそうになる。

「千鶴！」

慌てて駆け寄り抱き上げた。

「どうされました？」

騒動に気づいた浅彦もやってきて目を見開いた。

「すぐに布団を」

「かしこまりました」

「千鶴さま？」

「千鶴は大丈夫だ。少し疲れただけだ」

不安でいっぱいの様子の一之助が、うっすらと目に涙を浮かべているのを見てとっさに言う。こんなとき、千鶴なら一之助を安心させるだろうと考えたからだ。

しかし、八雲が一番動揺していた。

「千鶴。千鶴」

座敷に運び、ぐったりと力なく布団に横たわる千鶴に声をかけ続ける。

「八雲さま、千鶴さまの顔が真っ赤です。先ほどまで一之助と庭で遊んでいらっしゃいましたから、熱にやられたのでは？」

自分より冷静に状況を把握する浅彦を見て、八雲は気を引き締める。

「そうだな。体が熱い。冷たい手拭いを」

「承知しました」

帯を緩め、千鶴の額や首筋に触れると、いつもはほんのり温かい彼女の肌がとてつもなく熱い。もう秋だというのに熱風が吹く庭に、眠り足りない弱った体で出ていたため倒れてしまったのだろう。

「すまない。もっと気をつけてやるべきだった」

千鶴が自分を労わるのが下手な女だと知っていたのに、なにをしていたんだ！

八雲は自分への怒りでいっぱいだった。

死神の運命

竹子の言葉が衝撃的でうまく眠れなくなった千鶴は、一之助と遊ぶだけで息が上がるのを感じていた。

眠れないのを見透かした八雲が、毎晩のように抱きしめて眠りについてくれるのがうれしい反面、夫の子を望んではいけないのだという思いがこみ上げてきて苦しくなる。

せめて納得できる理由があればいいのだけれど、不幸になるという極めて曖昧で、しかし強烈な言葉でねじ伏せられてしまったと感じている千鶴は、鬱々(うつうつ)とした気持ちを持て余していた。

そろそろ気温が下がってきてもおかしくない時季だというのに、日差しの強いその日。とうとう限界が来て倒れてしまった。

気づいたときには布団に寝かされており、難しい顔をした八雲に手を握られていた。

「千鶴……。よかった」

安堵の溜息を漏らす八雲が、そっと額に触れてくる。

「もう体は熱くないな。水を飲めるか？」

「はい」

　いつも八雲に心配をかけてばかりだ。松葉の屋敷から無事に帰ってこられたときと同じように顔をゆがめる八雲を見て、反省した。

　八雲から受け取った湯呑みの水を口に含むと、冷たい水が喉を通って胃に落ちていくのがわかる。

　千鶴を抱き起こして支える八雲は、水を飲みほした千鶴を見て満足そうな顔をした。

「申し訳ありません。私……」

「なにも言わなくていい。私がもっと早く気づくべきだった」

「えっ？」

　なにを、だろう。

「もう少し休みなさい。しばらく一之助の世話は浅彦にさせる。千鶴は自分の体のことだけ考えなさい」

「はい」

　またお荷物になってしまった。

　この屋敷に戻るという選択をした一之助に、精いっぱいの愛を注がなければと意気込んでいたのに寂しい思いをさせ、浅彦は最近儀式にも行けない。そして八雲はおそらく千鶴の苦しい気持ちに気づいていて、心配している。

太陽が沈み辺りが闇に包まれると、一之助の明るい笑い声が止み、八雲は小石川に向かった。行灯が灯された座敷に残された千鶴は、こぼれてくる涙をこらえきれなくなる。

愛する夫との子を望むのは、それほど罪深いことなのだろうか。

いや、子はいなくても八雲の隣はたまらなく心地よい。浅彦と一之助と一緒に、これからも笑って暮らせればいい。もう子を望むのはやめよう。

そう何度も自分に言い聞かせるも、涙は止まらなかった。

一日半ほど横になっていたおかげで、すぐに体調は元に戻った。

今朝は幾分か涼しい風が吹いてきて気分もいい。

隣でまだ眠っている八雲の顔をまじまじと見つめる。白い肌に、薄い唇。漆黒の長いまつげは切れ長の目を引き立てる。

八雲に出会って、自分は幸福を手に入れた。絶望のどん底から一転、愛を与えてもらえた。もう、八雲を困らせるようなわがままを口にしてはいけない。死神として儀式を行う八雲が穏やかに過ごせるようにだけ心を配って生きていこう。

改めてそんなことを考えていると、八雲のまぶたがゆっくり開いた。

「起きていたのか」

「は、はい」

もう何度も口づけを交わした仲だというのに、こうして近い距離で話をするのは照れくさい。起き上がろうとすると、腕を引かれて広い胸の中に収まってしまった。

「千鶴」

優しい声で名を呼ばれ、このまま八雲の温かさに包まれていたいと感じる。

「千鶴、私は……」

八雲はなにか言いかけたが口をつぐんでしまった。


久々に四人そろった朝食のあと、千鶴は八雲に呼ばれて部屋に向かった。

「座りなさい」

「はい」

八雲の表情がなぜか険しく、緊張で鼓動が速くなっていく。

八雲は千鶴をまっすぐに見つめたまま、しばらく言葉を発しない。張り詰めた空気が漂う中での沈黙というものは、とてつもなく苦しいものだ。

「千鶴。お前は人間の世に戻りなさい」

「……えっ？　どうしてですか？」

いきなりの通告に、愕然（がくぜん）とする。

「千鶴を娶り、来世までもともに生きたいと願ったこともあった。しかし、お前には死神の妻は務まらぬ。枷にしかならぬのだ」

枷？

まさか、そんなふうに思われているとは。

しかし、千鶴はなにも言い返せなかった。最近の自分の言動に心当たりがあるからだ。

人間同士の婚姻でも、夫から三行半を突きつけられて家を追い出される者がいるのは知っている。離縁状を突きつけられた妻は、家を出るしかない。

八雲から離縁を言い渡されるとは露ほども思っていなかった千鶴は、動揺で視線が定まらなくなる。

「私……、私……」

『ここに置いてください。八雲さまのおそばにいたいのです』と伝えたいのに声が出ない。枷という言葉があまりに強烈で、心に突き刺さったのだ。

光江に会い、我が子を腕に抱きたいと強く思い始めてから、地に足がついていない。どこかふわふわしていて、自分の意思すらよくわからないありさまだ。

おまけに眠り足りず倒れてしまい、なにがあっても儀式を行わなければならない八雲に心配ばかりかけている。

「お前は私とは別の道を歩きなさい。一之助は私と浅彦でしっかり育てるから心配いらない」

混乱で呼吸が浅くなる千鶴は、泣くこともできないでいた。

自分はなにもかも失うのだ。我が子が欲しいという願望を抱いたのは間違いだったのだ。

翡翠は八雲との子を欲しいと思うのは自然なことだと言ってくれた。もしそうだとしても、すべてをなくすくらいならその気持ちは押し殺すべきだったんだ。

千鶴は自分の浅はかさにあきれ、そして過去の自分の言動を悔いた。

「今まで本当にありがとう。千鶴に出会えなければ知らないことばかりだった。それに……お前のおかげで、私は自分が死神であることに誇りを持てた」

八雲の言葉を聞きながら、これが彼の声を聞ける最後の機会になるかもしれないのが信じられずにいた。

「一之助もお前がいたから救われた。浅彦もだ」

それならこのまま……このままここに置いてください。

そう心の中で叫んでいたが、死神の妻としての役割を果たせない自分にはきっとその権利がない。

八雲が優しいからと甘えすぎていた。彼ならなんでも受けとめてくれるはずだと勝手に思い込んでいたがため、おそらくわがまま放題の振る舞いをしていたのだろう。それすら気づかなかったなんて……。

千鶴はうつむき、こぼれそうになる涙を必死にこらえていた。

「千鶴」

離縁を言い渡しているとは思えない柔らかな声で名を呼ばれて顔を上げると、視線が絡まりほどけなくなる。

「幸せに暮らしなさい。私はそれだけを願っている」

八雲はそう言い終えると、大きく息を吸ってから立ち上がり、部屋を出ていってしまった。

「八雲、さま……」

カタンと音を立てて障子が閉まった瞬間、千鶴の目からは涙があふれ出す。

死を覚悟してここを訪れた自分が今まで生きながらえ、それだけでなく温かな愛を注いでもらえた。今まであった幸福な時間は紛れもなく本物だった。

それなのに……。

「嫌……」

今さら八雲から離れるなんて考えられない。どうやって生きていったらいいのだろう。

激しく動揺する千鶴は、しばらく涙を流し続けた。

それからどれくらいときが過ぎたのだろう。

夫に家を出ていけと言われては、とどまることもできない。千鶴は涙を拭いて、庭にいた一之助のもとに向かった。

「千鶴さまぁ。見て見て！」

興奮気味に駆け寄ってくる一之助が指差した地面には、【ちづる】という文字が書かれている。

「わぁ、上手に書けてる。すごいわ」

「千鶴さま？」

笑顔でいたつもりだったのに、涙が一筋頬を伝ったのを一之助に見つかってしまった。

「ごめんなさい。ごみが入って。上手よ、一之助くん」

千鶴は一之助の傍らに歩みより、強く抱きしめた。

自分がいなくなったら、寂しいと思ってくれるだろうか。

「ほんと？」

「ほんとよ。ねえ、一之助くん。私、一之助くんに会えてとっても幸せだった」

もう最後だと覚悟して伝えると、首に回った小さな手に力がこもる。

「千鶴さま、だーい好き」

「ありがとう。私もよ」

最初は、ひとり寂しく遊ぶ一之助に弟や妹がいたら……という思いから始まった。

彼が無邪気に慕ってくれる様子を見て、自分にも子が持てたらと希望が膨らんだ。

しかし、多くを望みすぎたのだ。それで十分幸せだったのに、もっと、と欲を出したのがいけなかった。

思慮に欠けた自分にあきれながら、手の力を緩めてもう一度一之助の顔を見つめる。

「一之助くんは強くて素敵な男の子よ。八雲さまや浅彦さんの言いつけを守って立派になってね」

「はい！」

無邪気な一之助の返事に胸がちくちく痛むものの、最後は笑顔を作った。

腹を決めて荷を取りに部屋に行くと、廊下に浅彦が待ち構えていた。

「千鶴さま……」

「浅彦さん、お世話になりました。どうか、一之助くんのことを……」

「わかっております。しっかり育てます」

浅彦の声は凛(りん)としていたが、その顔はゆがんでいた。

「お荷物、お持ちします」

「お願いします。八雲さまにご挨拶してまいります」

千鶴は着物一枚と初めて八雲の髪を結った組紐(くみひも)が入ったふろしきを浅彦に預け、八雲の部屋の前の廊下で膝をついた。

「八雲さま。今まで本当にありがとうございました」

そう声をかけると、足音が近づいてくる。

「そのまま聞いてください」

顔を見ては涙が止まらなくなる自信があり、そう伝えた。

「勝手に押しかけてきた私を置いていただき、妻にまで……」

泣くまいと思っていたのに、どうやら無理のようだ。大粒の涙が飴色(あめいろ)の床板に落ちていく。

「至らない妻で、申し訳ございませんでした。どうか……八雲さまはどうかお幸せに」

死者台帳に記された自分の命の期限が来るまで、八雲に寄り添いたかった。きっと次に会えるのは、黄泉に旅立つとき。その日を心待ちにして生きていくしかない。

部屋の中からカタッというかすかな物音が聞こえたけれど、深々と一礼した千鶴は踵を返した。あふれる涙を拭うこともせずに。

　そして、そんな千鶴を見て苦しげな顔をする浅彦とともに屋敷の門を出た。

「千鶴さま……」

「ごめんなさい。笑顔でお別れしたかったのに」

「いえ」

　首を横に振る浅彦の目にもうっすらと涙が浮かんでいる。

「千鶴さま、八雲さまは……。いえ、なんでもありません」

　浅彦はなにかを言いかけて、途中でやめてしまった。

「八雲さまより、千鶴さまが望まれる場所にお連れするようにと言いつかっております」

　小石川に戻っても千鶴には行く場所がない。考えに考えて、千鶴は口を開いた。

「竹子さんのところに行きたいです」

　今の自分の状況を包み隠さず話せるのは竹子だけだ。

「そう、ですか。承知しました」

「でも、神社までで大丈夫です。決心が鈍ります」

　この調子では竹子のもとまで送り届けてくれそうだ。しかし、夫から三行半を突きつけられた身分なのに、その従者にいつまでも頼るわけにはいかない。

「……はい」

浅彦は納得したのかしていないのか、複雑な顔で返事をして神社まで連れていってくれた。

「ありがとうございました」

今までの感謝も込めてもう一度頭を下げた千鶴は、浅彦から荷を受け取り歩き始めた。

この神社の境内に足を踏み入れたときは、死への恐怖で震えていたのに、三条の家で使用人として働いていた頃よりずっと幸せな日々だった。

そう考えると再び涙があふれてきたけれど、もう一度浅彦の顔を見てしまったら足が進まなくなる。千鶴は決して振り返らず、そのまま神社をあとにした。

浅彦が持たせてくれた賽銭を使い、電車を乗り継いで、再び潮風の香る町にやってきた。以前竹子が網を繕っていた場所に向かうと、今日も人影がある。近づいていくと、彼女は顔を上げた。

「あなた、先日の……」

「千鶴です。その節は失礼をしました」

竹子の立場とか想いを無視して自分のことばかりだった。

「いや。気にせんでいい。今日は、八雲さまは？」

「……離縁されてしまいました」

そう口にした瞬間、我慢していた涙があふれてきて止まらなくなる。それを見た竹子は、網を放り出して千鶴に歩みより、抱きしめてくれた。

「そうやったか。おいしい魚を食べさせたげる。いらっしゃい」

竹子は細い体に似合わず、力強く千鶴を引っ張る。そして家に千鶴を入れたあと、早速台所に立った。

「座りなさい。随分やつれた顔をしているね。心配してたけど、あの死神さまがそばにいるから大丈夫かと思ってたのに」

「八雲さまは私を気遣ってくださいました。それなのに、私が欲深いせいで……」

止まらない涙を拭いながら玄関に立ち尽くしていると、竹子が寄ってきて、「とにかく座りなさい」と千鶴を強引に部屋に上げて座らせた。

「ここは夏は涼しくていいところなんだよ。でも冬はね……。海風が強くて、隙間風がこたえる。毎年その繰り返し。特に刺激もないけど、こういう生活もいいもんだよ」

竹子は、そう言いながら千鶴にお茶を出してくれた。

「死神さまのところで暮らしていたってことは、こっちで行くところがないんだろう？　少しここでゆっくりしなさい」

「ありがとうございます」

うなずく竹子は再び口を開く。

「私もそうやった。あちらの世で命を終える覚悟だったのに、突然こっちに戻されて……。あてもなくふらふら歩いていたら、ここに住んでいた老夫婦が拾ってくれた。よほど生気のない顔をしていたんだろうね。なにも聞かずに置いてくれたんだ。ふたりとも、もう死神さまにお世話になったんだけどね」

竹子も自分と同じように戸惑ったのだと知り、胸が痛くなった。

こうして強く生きている竹子を見習うべきだと思っても、どうしたって瞳が潤んできてしまう。

「寝てないんだろう？　布団敷いてあげるから横になりなさい。今日はヒラメが大漁だったと言ってたからもらってくるよ。煮つけにすると最高においしいから期待してて」

てきぱき動く竹子は、あっという間に布団を準備して千鶴を寝かせ、出ていった。

「ヒラメ……」

一之助が好きだったなと思い出す。新鮮な魚はなかなか手に入らなかったが、浅彦が彼のために、時折どこからか手に入れてきた。それを煮つけにすると一之助の箸が止まらなかったっけ。

あぁ、駄目だ。離れたばかりなのにもう帰りたい。

千鶴は布団の中で静かに涙を流し続けた。

それからどれくらい経ったのだろう。泣きつかれて眠ってしまった千鶴が目を覚ますと、しょうゆのいい香りが漂ってきた。

「起きたかい？　ちょうど炊けたところだよ」

隣の部屋にある小さなちゃぶ台にそぐわないような立派なヒラメを出してくれた竹子は、優しく微笑む。まるで母のようだ。

「茶粥（ちゃがゆ）しかないけど」

「お気遣いありがとうございます。本当に申し訳あり――」

「謝ること、なにかしたかい？」

竹子は千鶴の発言を遮って笑う。

「さぁ、たっぷりお食べ。漁師が体張って獲ってくるんだ。残すんじゃないよ」

竹子はきつい口調でそう言うけれど、きっとやつれた自分に精をつけさせるためだろう。

「いただきます」

ヒラメを口に入れた瞬間、ほどよく脂ののった身がふわっとほぐれて、口の中に旨みが広がった。

「おいしい」

八雲の屋敷を出てからなにも食していなかった千鶴がそう漏らすと、竹子も上機嫌で箸を進める。

「そうだろうよ。私もこの町に来るまで、こんなにうまい魚を食べたことがなかったんだ。あっちではこんな上等な魚、食べられないだろう？　こっちに戻ってきてよかったんだよ」

竹子は励ましてくれるが、どうしてもそう思えない。

新鮮な魚が食べられなくても、死神の館にはそれぞれがそれぞれを気遣う優しさで満ちあふれていた。一之助を中心に、笑い声も絶えなかった。八雲がいてくれたおかげで、なにがあっても大丈夫だというような心強さがあった。

返事ができないでいると、「話はあとだ」と再び食べるように促された。竹子の優しさが詰まったこの料理を残すまいと箸を動かして、ふたりで大きなヒラメを平らげた。

「それで、なにがあったんだい？」

器を片づけたあと、竹子は遠慮なしに聞いてくる。しかしもちろん嫌ではない。浅彦にどこに行きたいか尋ねられて竹子を思い出したのは、これまでの話を洗いざらい聞いてもらいたかったからだ。

死神の妻だったなんて、いくら仲がよくても光江には話せない。

千鶴は八雲の妻となった経緯から、最近の行き違い、自分の至らなさまで包み隠さず話した。

途中で悲しみがこみ上げてきて話が途切れてしまい、かなり時間がかかったものの、竹子は根気強く聞いてくれた。

「そう。……八雲さまは、千鶴さんを想って突き放したのかもしれないわね」

「私を？」

「こっちで別の男と結ばれて子を授かったほうが、絶対に千鶴さんのためだから」

「そんな……」

別の男性と夫婦になりたいなんて思えない。八雲との子が欲しかったのだから。

「竹子さんは、人間の世に戻ってきて、他の方と結婚なさったのですか？」

問うと、竹子は視線を泳がせる。

「いや……」

「でしたら、死神の旦那さまをずっと想っていらっしゃるのでは？」

「想うもなにも、和泉さまは……」

竹子の瞳が悲しみに染まるのを見て、千鶴は我に返った。

「ごめんなさい。私、またひとりよがりの質問を」

「構わないよ。誰だって、千鶴さんの立場ならそうなる。ただ、和泉さまのことはもう思い出したくないんだ」

竹子の夫であった死神は、和泉という名のようだ。彼女は窓の外を見つめた。

「申し訳ありません」

「だから、謝らなくていい。死神は恐ろしい存在だと思われているけど、違っただろう？」

「はい。八雲さまはとてもお優しくて……」

満足そうにうなずく竹子も、和泉に大切にされたに違いない。

「だからこそ、八雲さまは千鶴さんをこちらに帰したんだ。八雲さまが死神の血を持つのをやめることはできない。千鶴さんには、ささやかでもいいから平凡な幸せをつかんでほしかったんだろう」

八雲に人間の世に帰れと命じられたときは、頭が真っ白になり絶望のどん底に落とされたが、もしそうであれば、自分は八雲に愛されていたのでは……。今でも愛されているのではないかと期待が膨らむ。

「私が不幸になるなんて言ったからだね」

「……いえ」

「でもね、なにがあっても何度聞かれても、同じことしか言ってあげられない。今は苦しいだろうけど、こちらで新しい幸せを見つけなさい。あなたみたいな器量よしなら、その気になれば引く手あまただよ」

竹子はそんなふうに言うが、八雲以外の夫を持ちたいとはどうしても思えない。三行半を突きつけた理由が自分の未来を案じてのことだったのならば、なおさらだ。死の期限が来るその日まで、心は八雲の妻でありたい。

千鶴はあいまいに笑ってごまかした。

翌朝。こっそり持ち出してきた組紐で自分の髪を結った千鶴は、竹子に網の修繕方法を教えてもらいながら過ごした。竹子は休んでいればいいと止めたが、なにもしない時間はつらいのだ。

「器用だね。いいところのお嬢さんが網を直してるなんてびっくりだ」

子爵家で育ったことも打ち明けたので、竹子はそんなふうに言う。

「裁縫は得意だったんです。数学がちょっと……」

光江に教えてもらったなと思い出しながら話した。

「数学ねぇ。買い物の勘定くらいできれば十分だよ」

「たしかに」

「これから、どうするつもりだい？　千鶴さんがいたいだけここにいてもいいけど、実家に戻る気はないの？」

竹子にずっと甘えているわけにもいかない。なにか仕事を探すか、実家に戻るか。

「竹子さんは、ご実家は？」

「私の実家は焼けてしまったんだよ」

「焼けて？」

「そう。長屋の三軒向こうが夜中に火を出して。両親は私をなんとか逃がしてくれたんだけど……」

亡くなってしまったんだ。

「それで、死神に抗議に行ったんだよ」

「抗議？」

「そう。死神が祀られているという山奥の神社に、なんで私の両親を連れていくんだ！　って、毎日毎日。もちろんなんの反応もなくて、でもあきらめられなくて」

両親を一度に亡くして、いてもたってもいられなかったのだろう。その気持ちはわかる。

「ある日、同じように死神に恨みを持った男に、死神と間違えられたんだよ。それで、小刀で突き刺されそうになったところを助けてくれたのが和泉さまだ」

そうか。竹子の死の期限がずっと先だと知っていた和泉は、竹子が自分の身がわりに刺されて苦しむのを見ていられなかったに違いない。

和泉も八雲のように優しい死神のようだ。

和泉のことは思い出したくないと拒んだ竹子だったが、出会いを語る顔は穏やかだった。

「実家の両親は、千鶴さんが生贄になったことは知らないんだろう？　頼れる場所があるなら、甘えてしまうのもいい。私を拾ってくれた老夫婦のように、なにも聞かずに受け入れてくれるかもしれないじゃないか」

「そう、ですね」

汚職で逮捕された千鶴の父は、秘書のかかわりを証明できず、重禁錮五カ月、追徴金二千円という判決を受けた。千鶴が三条家に使用人として働きに出たあと、刑期を終えて母や清吉の待つ埼玉で細々と商売を始めたと聞いている。

家族のところに帰りたいな……。

千鶴は麴町の邸宅で楽しく暮らしていた頃に思いを馳せた。

あの頃のようにはいかなくても、家族四人で生きていけたら……。そんな願いも湧いてきた。

翌日。竹子に促された千鶴は、埼玉の実家を訪ねることにした。戻るかどうかはまだ決めてはいないが、もう長らく会っていないのでどうしているのか気になるのだ。

早朝に竹子の家を出て、何本もの電車を乗り継いで母の実家に向かう。埼玉の家に最後に行ったのは、女学校に入る前、祖母が亡くなったときのことだ。

すでに祖父は亡くなっていたのだが、あの頃は死神の存在はおろか、生まれ落ちた瞬間に死の時刻が決められているとも知らず、まだ早すぎると号泣したのを覚えている。

思い出の邸宅だからと売り払わずにおいたのが功を奏し、今の正岡家があるのだ。

八雲に離縁を言い渡されたときは、頭が真っ白になりこの先の人生についてなんてなにも考えられなかったものの、少しずつ落ち着いてきた。とはいえ、ふとした折に八雲を思い出し、視界がにじんでくるのはどうしようもない。

今日は、母親に手を引かれた一之助くらいの男児の姿を目の当たりにして、胸にこみ上げてくるものがあった。

一之助はどうしているだろう。八雲や浅彦がいればすくすくとまっすぐ育つに違いないが、実父のところよりも死神の館を選んだ彼が、落ち込んでいなければいいのだけれど。

八雲は『一之助と千鶴は血よりも強いつながりがある』『お前が注いだ愛情を一之

助がしっかり感じ取っている』と励ましてくれた。それなのに、一之助のもとを離れることになってしまったのは申し訳なくてたまらない。

いつか一之助が旅立ちたいと願ったら、そのときは手放さなければと諭されて納得したけれど、まさかそのときが来る前に寄り添えなくなるとは思わなかった。

埼玉の家近くの駅から歩いて四半刻弱。黄や赤に染まり始めた遠くの山々を見ながら足を進める。久しぶりに両親、そして清吉に会えるかもしれないと思うと、千鶴の心は躍っていた。

なつかしい母の実家が見えてきた。庭の立派なアカマツには小さな松ぼっくり。幼い頃は清吉とこれを集めて縁側に並べたものだ。

入母屋（いりもや）屋根の家は、麹町の邸宅とは比べ物にならないほど小さく古ぼけてはいるけれど、どこか趣があって千鶴は好きだ。

そっと近づいていき、垣根の隙間から家の中を観察する。日曜の今日は清吉もいるはずだ。

「お母さま。友人の家で勉強をしてまいります」

聞こえてきたのは、幾分か低くなった清吉の声。ハキハキと話す様子に成長が見られて、感無量だ。そもそも清吉を学校に通わせてやりたいと三条家の使用人として働いていたのだが、その甲斐（かい）があったと思えた。

「そう。気をつけて。あまり遅くならないように帰ってくるのよ」

「わかりました」

父に収賄容疑がかけられたとき床に臥せった母も、すっかり元気を取り戻していて、安堵の胸を撫で下ろす。

会話のあと、随分背丈の大きくなった清吉が玄関から駆け出てきたので、物陰に隠れた。変わったのは背丈だけではない。顔つきも大人びていて、この年頃の成長は早いものだと母親のようなことを考える。

急ぎ足で清吉が行ってしまうと、縁側にもうひとりの人影が見えた。

「お父さま……」

貴族院議員として勤めていた頃よりこけた頬は、壮絶な人生を物語っているようだ。毅然とした態度で無罪を訴え続けた父は、汚職になどかかわってはいないと千鶴は今でも信じている。

〝華族たるもの人々の手本となるべし〟という教えは、千鶴の心に今でもしかと刻まれている。それを説いていた父が、悪事に手を染めるはずがない。

「今日は空が高いな」

お茶を持ってきた母に穏やかな表情で話しかける父を見ていると、胸がいっぱいになる。とてつもない屈辱に耐え、ようやく平穏な日々を取り戻したのだろう。

「そうですね。千鶴はどうしているでしょうか？」

母の口から思いがけず自分の名が出て、千鶴はどきりとした。

「千鶴にはつらい思いをさせた。青木が捕まったのが救いだ。この件が片付いて、千鶴を呼び戻せればいいのだが……」

捕まった？

青木というのは、父の秘書だった男だ。それでは、今後無罪を証明できるかもしれない。それに、両親が自分を呼び戻したいという希望を抱いていると知り、目頭が熱くなる。

私はここにいます。

飛び出していきたい衝動に駆られたものの、すんでのところで思いとどまった。姿を現せば、父や母は諸手を挙げて迎え入れてくれるはずだ。子爵だった頃の贅沢な暮らしは叶わなくても、穏やかに、そして楽しく生きていけたらそれでいい。

そんな想いがあふれてくるが、どうしても一歩を踏み出せない。

父と母の姿に、八雲と自分を重ねてしまったからだ。

自分が一番欲しいものはなんなのか。求めているものは……。

そう考えると、正岡家での平穏な家族団らんよりも、波乱万丈でもいい、八雲との生活こそ自分が望むものだと確信した。八雲はかけがえのない存在で、来世までの契りを交わした間柄。竹子が言うように、八雲が自分の幸せを考えてあえて突き放したのであればなおさらだ。

「八雲さま……」

事件のせいでどん底に落とされたものの、父の隣に座ってお茶を口に運ぶ母が、目尻のしわを深くして父と笑い合う姿を見ていると、自分も八雲とそうやって生きていきたいと強く思う。

もしここで出ていけば、八雲のもとに戻ることはできなくなる。死神に会いに行きたいと訴えたとして、許されるはずもない。八雲に会うためにこっそり消えれば、それこそ心配をかけてしまうだろう。

もう戻ることを許してもらえないかもしれない。二度と死神の世には足を踏み入れられないかもしれない。それに……本当に足手まといかもしれない。

けれど、千鶴の頭の中は八雲でいっぱいなのだ。

「お父さま、お母さま。今はまだお会いできません。どうか、お元気で」

千鶴は小声でつぶやいて、元来た道を戻り始めた。

死神の妻としての覚悟が足りなかったのは承知している。でも、八雲の隣に戻ることをあきらめられない。

どうしたら八雲に許されるのかまったく見当もつかないが、そのためならばどんな努力でもする。

死神だろうが人間だろうが、ともに生きていきたいのは八雲だけ。たとえ子を授かれなくても、八雲の妻は自分でありたい。

実家に甘えたらどうかと竹子に背中を押されたけれど、自分の想いを再確認する機会となった。

戻ったら竹子はあきれるだろうか。それとも『仕方ないね』と笑うだろうか。

竹子は子を望んだらどうして不幸になるのか、どうしても語らない。けれども、彼女自身の経験から出た言葉には違いない。だからそれを否定するつもりはないが、不幸を避ける術はないものか。

竹子の家に帰る道すがら、千鶴はそんなことばかり考えていた。

夕飯の支度をしていた竹子のもとに戻ると、彼女は目を丸くしながらも笑った。

「戻ってくる気がしていたよ」

「どうしてですか？」

「八雲さまに相当惚れてそうだからね」

そんなふうに言われると面映ゆくてたまらないものの、事実だ。

「まだ、こちらで生きていく決心がつかないんだね」

竹子は『まだ』と口にするが、千鶴は永遠にそのときがこないと薄々感じている。

しかし、曖昧にうなずいた。

「まあ、その気持ちはわからないでもない。私だって……」

遠い目をする竹子はなにか言いかけたものの、口を閉ざしてしまった。

翌日から、千鶴は竹子とともに働き始めた。八雲に再び会えるのかどうかもわからない。でも、今はとにかく、死神の妻としてふさわしい存在にならなければと必死だった。

死を前にして罵倒されようが恨まれようが、人間のために心を砕き黄泉へと導く八雲のように、強く、そして信念を貫ける存在にならなければ。そうでなければ、なにかあったときにまた失敗する。

自分は心が揺れすぎるのだ。なにがあろうとみずからの役割をきっちり果たす八雲のように、なににも動じなくなりたい。

もし死神の世に戻れたとしても、想像だにしない出来事が待っているかもしれない。なにせ、人間の妻を娶ったのは和泉と八雲しかおらず、しかも竹子は人間の世に戻ってきているのだから、死神の世に人間がとどまり続けられるかどうかすらわからないのだ。

そういえば、翡翠はどうしているだろう。

自分のことで精いっぱいだった千鶴は、翡翠のことを気にかける余裕もなかったけれど、せっかくできた友にもまた会いたい。

「頑張るねぇ。せっかくのきれいな手がガサガサになっちまうじゃないか」

網の繕いは思いのほか大変で、単に切れているところを新たな紐で結べばいいものでもない。しかも、紐でこすれて皮がめくれてくる。竹子が、いとも簡単に作業の手を進めるのが不思議なくらいだ。

「私の手はいいんです。すみません、足を引っ張ってばかりで」

結び方を間違えて何度もやり直さなければならない千鶴は、竹子に申し訳なくて謝った。

八雲はなにも言わなかったが、こうした小さな失敗の積み重ねもきっとあったのだろう。

今は八雲のことは考えまいとしても、どうしても頭に浮かぶ。

「いいんだよ。私だって最初はそうだったんだ」

寛容な竹子は、笑い飛ばしてくれた。

海辺に腰を据えてひたすら手を動かしていると、ぴたりと風が止む。

「もう夕凪（ゆうなぎ）の時間だね。そろそろ引き揚げるよ」

「はい」

竹子に促されて立ち上がった千鶴の手からは血が流れていた。

「ちょっと！」

竹子が驚いて千鶴の手を取る。

「こんなになるまでやらなくてもいいんだよ」

竹子はそう言うが、千鶴はまだ足りないとしか思えない。

「いえ。これくらいなんでもありません。どうしたら死神さまの……八雲さまの妻にふさわしくなれるのかわからなくて」

どうしてももう一度八雲に会いに行きたい千鶴は、とにかく目の前にある仕事を力を尽くしてやるしかないのだ。

「……ほんとに、不器用な人だね。このままここに置いておいたら、つぶれてしまいそうだ」

眉をひそめる竹子は、「いらっしゃい」と千鶴に声をかけた。

西の空が燃えるように赤い。千鶴を照らす太陽の光は、八雲たちのもとにも注いでいるだろうか。

家に戻ると、竹子は「座りなさい」と千鶴を促した。竹子も向かいに腰を下ろして口を開く。

「いいかい？　死神と人間の婚姻の行く末が幸せでないのは、死神のせいでも人間のせいでもないんだ。だから、千鶴さんはそんなに自分を追い詰めなくていい」

「……はい」

「気のない返事だね。そんなに八雲さまのところに戻りたいのかい？」

端的に問われて、千鶴はうなずいた。

「まだ別れたばかりだから仕方がない。でも、時間が経てばいつかこの別れを受け入れられる」

「いえ。私は八雲さまを決して忘れません。もし二度と会えなくても、一生お慕いしています。いつか、八雲さまに黄泉に導いていただくその日まで、この気持ちは変わりません」

困った顔をする竹子には申し訳ないけれど、正直な気持ちを吐露する。

「そう」

竹子はそのあと、黙り込んでしまった。

外は再び風が吹き始めたようだ。壁にぶつかってはガタゴト音を立てている。

「……あなたが八雲さまを慕う気持ちはよくわかった。私も和泉さまに同じような感情を抱いていたからね」

寂しそうにぼそりと漏らす竹子は、千鶴をじっと見つめる。

「このままでは納得できないでしょう。こちらに戻ってきても、苦しい一生を過ごさなくてはならないのは不憫すぎる。話しましょう、私の過去を」

「いいんですか？」

「聞いたら後悔するかもしれないよ。覚悟はできているかい？」

　真摯な視線を送ってくる竹子に、千鶴は深くうなずいた。八雲と離れること以上に苦しいことはないからだ。

「わかった。……私と和泉さまの馴れ初めは話したね」

「お聞きしました」

「うん。助けてもらったのに、私は和泉さまに怒りをぶつけ続けたんだよ。『なんで両親を連れていったの？　ひとりになってしまった私の気持ちがわかる？』って」

　八雲も和泉も、そうした反発や怒りをぶつけられることなど日常茶飯事のはずだ。

「そうしたら、『怒りが収まるまで屋敷に置いてやるから、いくらでも私をなじりなさい』と言うんだよ。それから顔を合わせるたびに泣き叫んでいたんだけど、和泉さまは嫌な顔ひとつせずに受け止めてくれた」

　まるで八雲のようだと千鶴は思った。優しい死神がほかにもいてうれしい。

「そのうち死者台帳を知って、和泉さまが両親を手にかけたわけじゃないとわかった。血の気が引いたよね。とんだ勘違いだったんだから。でも和泉さまは笑うだけで、『竹子は疲れているのだから少し眠りなさい』と私を寝かせてくれた。両親が旅立ってからぐっすり眠れたのは、その夜が初めてだった」

千鶴は、竹子が和泉に惹かれた理由がわかった気がした。八雲もそうだが、自分を丸ごと受け入れてくれる存在というのは心地よいのだ。

「帰る場所がないという私を、和泉さまはそのまま置いてくれた。そして、夫婦の契りを交わしたんだ」

竹子はその当時のことを思い出しているのか、穏やかな顔つきで語る。

「千鶴さんたちと同じように、子はなかなか授からなかった。でも、いつかきっとと夢見ていたよ。だから、八雲さまとの間に子が欲しいという千鶴さんの気持ちはよくわかる」

和泉との生活について多くは語らない竹子も、自分たちと同じように深く心を通わせたのだろう。人間と死神という、本来は交わらないはずの者同士が求めあうなんて、奇跡のような話だ。

千鶴は、その奇跡をありがたいと思いながら自分で壊してしまったけれど、竹子がどうして和泉から離れたのか気になった。

「和泉さまも子を望まれたのですか？」

「そうだね。そうなればいいねと。ただ、私たちも千鶴さんたちと同じ。果たして授かれるのかどうかもわからず、年月だけが過ぎていった」

浅彦が『死神の子を生んだ女が人間の世にいる』と話していたが、あれは真実だったのだろうか。それともただの噂で、本当は生まれてなどいないのだろうか。

千鶴があれこれ考えながらうなずいていると、竹子は突風が起こしたガタッという大きな音を少し気にしながら、窓の外に視線を送る。

「和泉さまのもとに嫁いで四年。ようやく授かったんだ」

今まで決して子を生んだと口にしなかった竹子が初めて子の存在を明かしたので、千鶴は前のめりになる。

「ちょうど、今日のように風の強い日だった。和泉さまは当然子の取り上げ方なんて知らなくて、一緒に人間の世に来てくれた。産婆さんの家の障子がカタカタ音を立てるのを聞きながら、私は子を生んだ。男の子だった」

喜ばしい話のはずなのに、竹子の目はうつろだ。声の調子は沈んでいて、緊張でみぞおちのあたりが締めつけられるように痛くなる。

「すぐに死神の世に戻ったけど、産後の肥立ちがよくなくてね。うつらうつらしている間に、隣で眠っていたはずの子がいなくなっていた」

「いなくなって?」

予想外の成り行きに、千鶴の声が上ずる。

「和泉さまが面倒を見てくださっているんだとばかり思ったのに、儀式に行かれたあとだった。屋敷中、いや庭の隅々まで捜したけど、息子はどこにもいなかった」

竹子の目にうっすらと涙が浮かぶ。千鶴もまた呼吸を繰り返すだけで精いっぱいだった。

「儀式から戻った和泉さまが庭で倒れていた私を見つけて、泣いてくれたんだ。和泉さまは死に対峙してばかりだったからか、悲しいという感情が欠けていらっしゃったんだけど、私と子のために、初めて……」

唇をきつく噛みしめる竹子は、かすかに震えている。着物を強くつかみ、泣くのをこらえているように見えた。

「……見つからなかったんですか？」

「そう。和泉さまも必死に捜してくれたけど、忽然と消えてしまった。元気な産声だけが、今も耳に残ってるんだよ」

こらえきれなくなったのか大粒の涙を流し始めた竹子は、それを拭うことすら忘れている様子だ。同じように千鶴の膝にも涙がこぼれた。

「死神の館には死神しか入れない。子をうらやましいと思った死神がいたのではないかとあたりをつけて、和泉さまは捜しに捜してくれた」

うらやましい？

死神はあまり他の者には興味がないのではないだろうか。しかし、和泉や八雲のように婚姻をする死神もいるのだから、子を欲する死神がいないとは限らないのか……。

「……そうしたら、わかったんだよ」

「連れ去った相手がですか？」

「そう。……大主さまだと」

千鶴は衝撃の告白に目を丸くして、しばし放心した。

竹子は以前『死神の世に子が誕生するのは稀有なこと。だからこそ、大主さまは待ち望んでいらっしゃる』と話した。大主さまについて詳しい説明を求めたら『知らないほうがいい』と。だからあのときは聞けなかった。

「大主さまというのは……」

千鶴が改めて問うと、竹子は重い口を開いた。

「死神の世で頂点に立たれるお方だ。死者台帳をつかさどり、必要とあらば死神を幽閉する」

「幽閉……」

大量の悪霊を生み出した死神に、役割を果たす能力がないと引導を渡すのも、大主さまだということか。

「頂点に立たれるようなお方が、竹子さんの子を連れ去ったのですか？」

千鶴は混乱していた。八雲たちの上に立つ存在が、どうしてそのような理不尽なことをするのかわからない。

「生まれた子は死神だ。大主さまはその子を連れ去り、一人前の死神にすべくしつけるのだ」

母親から引き離して大主さまが育てるということか。

千鶴は動揺と驚きで言葉に詰まる。育てるのは母親の仕事だと思っていた考えを根底から覆された。

子を大主さまに連れ去られてしまうから、竹子は反対していたのだ。

「死神は永久の命を持つ。死に際ばかりに対峙しなければならない死神は、様々な感情に揺さぶられると生き続けるのが苦しくなるんだ。だからこそ余計な感情はそぎ落とされ、孤独が当然となる生活を強いられる」

「まさか、それを子に？」

背筋が凍るのを感じながら問うと、苦々しい顔で竹子はうなずいた。

「そうやって育てられた死神は、大主さまに認められると一人前の死神となるべく儀式を賜わり、ひとり立ちするのだ。その儀式の折に、死神として生きていくために必要な記憶以外は、きれいに消される。父や母の存在などなかったように」

深い溜息をつく竹子が、頑なに子をもうけるなと言った理由が腑に落ちた。親子ともにあまりに残酷な運命だからだ。

「そんな……。それで、竹子さんはこちらに戻られたのですか？」

生み落とし、これからかわいがるはずだった子をいきなり奪われて、絶望して人間の世に戻ってきたに違いない。死神の世は理不尽すぎる。

「いや。和泉さまは、子を連れていかれて死ばかりを願う私を必死に支えてくださった。きっと和泉さまだって身を切るような思いをされていたはずなのに。……私は死の期限が来ればこの世のことは忘れられる。でも、和泉さまは永遠に苦しむんだ」

『様々な感情に揺さぶられると生き続けるのが苦しくなる』というのがまさにそうなのだろう。和泉は竹子とともに暮らすようになって、子を授かり、喜びも知ったが悲しみも知ってしまったのだ。

「和泉さまが私に寄り添ってくださるように、私も和泉さまをお支えしなくてはと思った。たとえ死の時刻を迎えるまでの時間であったとしても」

千鶴には竹子の気持ちが痛いほどわかった。自分が同じ立場でもそうした気がする。

「それでは……」

「和泉さまは、大主さまに会うことに決めたんだよ。もちろん、息子を返してもらうために」

「大主さまに？」

「そう。ある日、大主さまと会って話をしてくると出かけた和泉さまは、それきり戻らなかった」

竹子は無念の表情で言った。

「戻らなかった？」

「大主さまに盾ついたという罪で幽閉されてしまったんだ」

「嘘……」

ありえない。自分の息子を返してほしいと訴えただけなのに。

ようやく授かった命を生んだのに、連れ去られ、しかも夫まで幽閉されたとは残酷としか言いようがない。竹子の絶望を想うと、慰めの言葉も浮かばなかった。

「それを知らせにきた大主さまの使いだという死神が、ただの人間が死神の世にいてもらっては困ると、私をこちらに追放した。これが、私が経験したすべてだ」

喉の奥から言葉を絞り出したというような竹子は、真っ赤に染まった目で千鶴を見つめる。

「あなたたちには、こんな苦しい想いをしてほしくない」

眉間のしわを深くして顔をゆがませる竹子に、これほど壮絶な過去があったとは。

千鶴は涙を止められない。

「和泉さまは……。幽閉を解くことはできないのでしょうか？　だって生きていらっしゃるのでしょう？　悪霊をあふれさせてしまったのなら仕方がないかもしれません。

でも、自分の子を返してもらいたかっただけでしょう？」

あまりに勝手な大主さまの振る舞いに、千鶴の声が大きくなっていく。

それに死神である息子だって、どこかで生きているはずだ。

「それが死神の世なんだよ。私にはなんの力もない。なす術がないんだよ。だから、千鶴さんはこっちに戻ってきてよかったんだ」

両手で大雑把に涙を拭った竹子は、少し落ち着いた口調で話す。長い年月をかけて、和泉や息子に起こった出来事を必死に受け入れてきたのかもしれない。

竹子の言う通り、自分たち人間はこんな残忍な仕打ちをされてもなにもできない。でも、もしかしたら八雲なら、大主さま、もしくは使いの死神を捜せるのではないだろうか。

「大主さまか、使いだという死神には会えないのでしょうか？」

「呼んだら来てくれると思うかい？」

「いえ。八雲さまに頼んで捜していただき、私が和泉さまの幽閉を解いていただけるようにお願いします」

そう言うと、竹子は目を丸くする。

「あなたが？　そんな危ないことはさせられない」

「私の死の期限はまだ先です。殺められることはないはず。あきらめられないんで

　我が子が欲しいと望み竹子を訪ねたが、こんな話を聞いて放ってはおけない。

「私だってあきらめたくなんかないんだ。だけど、なにもできなくて……」

「まだ会えるかどうかもわかりません。ですけど、このままなにもしないなんて私が耐えられない。竹子さんは人間の世に戻されて、なす術がなかったかもしれません。でも、八雲さまが力を貸してくだされば……」

　千鶴とて、離縁された身。会いたいと八雲に懇願しても受け入れてはもらえないかもしれない。けれども、これほどの事情があるのだから耳を傾けてくれる気がするのだ。

「八雲さままで幽閉されてしまうよ」

「ですから、私が大主さまに会いに行きます。人間は幽閉なんてできないでしょうから」

　千鶴だって本当は怖い。死期が今ではないとわかっていても、死なないだけで傷つけられる恐れがあるとよくわかっているからだ。

　でも、まだできることがあるかもしれないのに、あきらめられない。

「そんな無茶な……」

「こんな大きなことを言っておいてなんですけど、八雲さまが取り合ってくださらないかもしれないし、大主さまはおろか、その使いの死神まで行きつかないかもしれません。でも、やってみなければわかりません」

白髪の竹子の寿命はおそらく自分よりずっと短いはずだ。このままなにもせず黄泉へと旅立ったとしたら、未練だらけで間違いなく輪廻するのが遅くなる。

八雲は死にゆく者の最期の言葉に耳を傾けるが、千鶴は竹子が次の世への希望を抱けるようになんとかしたいと思った。

「そう……そうだね。死神の世に行くことすら叶わなくて、もうなにもかもあきらめるしかないんだと思ってた。まだ私にもできることがあるだろうか。和泉さまの幽閉を解けるならなんでもする。それに……ひと目でいい。あの子に会いたい」

竹子の瞳がみるみる潤み、玉のような涙が一粒ぽとりと落ちていく。

千鶴はそう強く決意した。

竹子の人生を取り戻してあげたい。

大主さまの正体

翌日はあいにくの雨模様だったが、千鶴は小石川へと急いだ。

電車を降りて、着物の裾に泥がはねるのも気にせず小走りで神社に向かう。

境内へと続く細い参道は、樹木に雨粒がぶつかるパラパラという音が響いていて、なんとなく不気味だ。しかし、この先に八雲や浅彦、そして一之助がいると思うと足は速まるばかりだった。

やがて見えてきた古ぼけた鳥居はところどころ苔(こけ)が生えていて、長い年月の変遷を思わせる。千鶴が初めてここを訪れたとき咲き誇っていた梅は今は枝ばかりだが、どっしりと君臨していた。

「八雲さま」

千鶴はお社に向かって声を張りあげる。すると林に声がこだました。

「八雲さま。お願いがございます」

必ず八雲は聞いている。

どうか……どうか聞き届けてください。

千鶴は心の中で願いながら続ける。

「大主さま、もしくは大主さまの使いの死神に会いたいのです。八雲さまに愛想を尽かされた身で願いごとなど図々しいのは承知しております。でも、八雲さましか頼れる方がいなくて……」

そう口にしながら、自分はいつも八雲の平穏を乱してばかりだと申し訳なくなった。生贄としてここを訪れたときも、そして今も。でも、他の手立てを思いつかないのだ。

訴えても、八雲はおろか浅彦ですら姿を現さない。拒絶の意思を示されているのだと胸が痛んだ。

もし竹子の言う通り、八雲が千鶴の未来の幸せを想ってあえて放り出したのだとしたら、なおさら出てこないだろう。けれども、今回はどうしても引けない。

「八雲さま。どうかお願いです」

千鶴は傘を放り出して社の前に膝をつき、もう一度繰り返す。

次第に強くなってきた雨が体に突き刺さるように降ってくるものの、ひたすら頭を垂れ続けた。

それからどれくらい経ったのか。結った髪は乱れ、毛先から水滴がしたたり落ちる。まだ初秋とはいえ、雨に打たれた体は次第に冷えてきて、指先の感覚がなくなってきた。

思えば、ここを初めて訪れたときは雪が舞っていた。死を覚悟して震えていたのに、雪のせいだと虚勢を張った。

まだそれほど年月が経っていないのにもかかわらず遥か昔のことだと感じるのは、八雲との生活が満たされていたからかもしれない。

そんなことを考えていると、八雲への未練で目頭が熱くなり、唇を噛みしめた。

「あっ……」

そのとき、ふと頭になにかが被さり、慌てふためく。

「なにをしているのだ」

「八雲、さま」

目の前に立っているのは、会いたいと願い続けた八雲だった。羽織をかけてくれたのだ。

「まったくお前は。いつまで経っても自分を大切にしない」

あきれ口調の八雲だったが、千鶴に注ぐ眼差しは夫であったときのように優しい。

「申し訳ございません」

「なぜ戻ってきた。戻ってきたら私は……」

千鶴の前に膝をついた八雲はなにかを言いかけたが、口をつぐむ。

「こんなに体を冷やしてはならん」

そして千鶴の手を取り両手で包み込んだ。

「申し訳……」

　八雲の体温を感じた瞬間、胸になにかがこみ上げてきて声がかすれる。

「もう謝らなくていい。とにかく、屋敷に」

　八雲は千鶴を立たせて、落ちていた傘をかざしてくれた。そして千鶴の手を力強く握り、死神の館へと足を進める。

　ふっと空気が変わったと思ったら、今まで耳障りだった雨音が急に優しく感じられた。

　なにも話すことなく千鶴の手を引く八雲は、門が見えてくると足を止めた。

「千鶴さまぁ！」

　大声で名を呼び、雨も構わず駆けてきたのは一之助だ。遠慮なしに千鶴の懐に飛び込んだ彼は、嗚咽を漏らし始める。

「いなくなったら嫌だぁ」

　千鶴が一之助を残してここを去るのがつらくて仕方がなかったように、彼もまた悲しんでくれたのだろうか。

「ごめんね」

　帰ってこられたものの、願いを聞き届けてもらったらまた去らなければならない。再びこの小さな胸を傷つけると考えたら、苦しくなった。

「浅彦、湯浴みの準備を」

「かしこまりました」

八雲は浅彦に指示を出し、一之助を抱き上げる。

「千鶴が風邪をひく。もう少し我慢しなさい」

涙なのか雨なのか、顔をぐしゃぐしゃに汚した一之助は、着物の袖でそれを拭ってうなずいた。

「千鶴。参るぞ」

「は、はい」

片手で軽々と一之助を抱く八雲は、千鶴を促して屋敷へと向かった。


湯で体を温めた千鶴を待ち構えていたのは、浅彦に着替えさせてもらった一之助だ。一之助は千鶴から離れようとせず、八雲と話ができない。しかし、一之助がこれほど寂しく思ってくれていたのだと、なんだかうれしかった。

結局、八雲は儀式の時間となり、千鶴は一之助とともに床に入った。

八雲は今日も浅彦を置いていく。

八雲だけでなく翡翠にも相談できたらと思っていたのだけれど、無理そうだ。大主さまにたどり着けるならどんな手段でも使いたかった。

千鶴に抱きついてまぶたを閉じた一之助は、あっという間に眠りについた。浅彦の話では、千鶴がいなくなってから夢見が悪く、何度も夜中に目覚めてしまっていたようだ。そのため浅彦は儀式に行かず、つきっきりで面倒を見ていたのだとか。すべては自分の至らなさのせいだと千鶴は胸を痛めたけれど、過去はどうにもならない。これからどうすべきかだ。

とはいえ、八雲が許してくれなければこちらに戻るのは難しい。寝息を立てながら穏やかな顔で眠る一之助の頭をそっと撫でる。それから布団を出て縁側に向かった。

降り続けていた雨が次第に弱くなってきた。秋霖とはならなかったようだ。翡翠が現れないかと期待して空を見上げたけれど、八雲や浅彦がいるときにやってきたことは一度もない。

「どうしてなのかしら……」

やはり快く思われていないとわかっているから？

「千鶴さま」

浅彦が同じように縁側に顔を出す。彼ら死神は人間よりずっと敏感なので、障子を開けた音に気づいたのかもしれない。

「眠れないのですか？」

「ちょっと。でも大丈夫ですから」

笑顔で答えると、浅彦が隣に来てあぐらをかいた。

「千鶴さまの隣に座るなど、八雲さまに叱られそうですが」

「まさか」

八雲に『枷にしかならぬ』と言われたときの衝撃が心に残っている千鶴は、首を横に振る。

「千鶴さまがいなくなって眠れなかったのは、一之助だけではないのですよ」

「えっ？」

「そもそも死神は、眠らなくても食べなくてもどうにかなります。ですから、一之助のようにあからさまに顔色が悪くなるようなことがないだけです」

意味ありげに話す浅彦は、千鶴に微笑みかける。

「……っと、こんな話をしたら、八雲さまに八つ裂きにされそうだ」

ははっと笑い飛ばす浅彦だったが、妙に深刻な表情に変わった。

「八雲さまはもちろん、私も一之助も、千鶴さまのお幸せだけを望んでいます。まあ、一之助はまだ幼いですから自分の欲求が先立ちますが、成長すればわかるはず」

浅彦の言葉に目頭が熱くなる。

それならばここにいたい。

埼玉の実家を訪れて、改めて自分の気持ちに気づいた。人間の世で八雲以外の男性との間に子をもうけてもなんの意味もないのだと。ただ、子が欲しいというわけではなく、八雲との間に新しい命を授かりたかったのだと。

たとえ子を宿せなくても、黄泉に旅立つときが来たら、八雲に寄り添ってほしい。死神としてではなく、夫として。

千鶴の気持ちは固まっているけれど、所詮それは一方的なもの。八雲に押しつけるわけにはいかず、浅彦にも明かせない。

「ありがとうございます」

「少し、おやつれになりましたね」

「そうでしょうか？」

自分ではよくわからないが、竹子も盛んにそう指摘する。そして麦飯を大盛にするので、いつも食べきれなくて困っていたのだ。

「我が主は不器用な方だ。ですが、誰よりも信頼できる」

脈絡もなくそう話す浅彦は、にこっと笑ってみせる。

「遠慮なさらずぶつかられてはいかがですか？　見ているこちらがもどかしい」

「ぶつかる？」

「はい。人の世は男の権力が強くて、女は理不尽な扱いをされてもおいそれと反論できません。ですが、ここは死神の世ですよ。そもそも千鶴さまは、ご自分の意思をはっきり口にされるお方だと思っていましたが、一番大切なときにそれをなさらないとは驚きました」

たしかに、翡翠のことでも八雲に反発した。それは、八雲がそうした反論もあっさり受け止めるほど器の大きな死神だと知っていたからだ。

それなのに、人間の世に帰れと宣告されたときは、なにひとつとして言い返せなかった。妻は夫の意思に従わなければと、人間の世の悪しき習慣に雁字搦めになってしまった。

「……そうですね」

ここを離れて、千鶴はなにが大切なのかを思い知った。もう失うものはないのだから、八雲としっかり向き合おう。そう心に決めた。

丑四つの頃、八雲が戻ってきた。

玄関で出迎える浅彦の少しうしろで、千鶴は正座して頭を下げた。

「お帰りなさいませ」

「ああ」

浅彦に返事をした八雲が草履を脱ぐと、浅彦が即座に整える。屋敷に上がってきた八雲は、千鶴の前で足を止めた。

「体は冷えていないか？」

「はい。大丈夫です」

あぁ、自分はこんな気遣いのできる八雲を好いていたのだ。

いつもの優しい言葉に、胸がいっぱいになる。

「来なさい。話があるのだろう？」

「はい」

聞いてくれるようだ。

先ほどは迎えに来てくれたとはいえ、雨の中帰ろうとしない自分を心配しただけかもしれないと思っていた。明日にでも帰れと命じられてもおかしくはなかったのに。

千鶴は八雲の大きな背中を見つめながら、あとをついていった。

奥座敷の真ん中にドサッとあぐらをかいた八雲は、正面に正座した千鶴をまっすぐに見つめる。

「少しやつれたな。食事はとれているのか？」

「はい」

竹子に麦飯をてんこ盛りにされても、どれだけ新鮮な魚を出されても、多くは食べられない。けれども、心配をかけたくなくて嘘をつく。

「それで、大主さまがどうとか言っていたな」

「はい。大主さまに会いたいのです。それが叶わないなら、その使いの方でも」

千鶴は竹子に聞いた話を八雲にも聞かせた。すると彼は目を見開き、驚愕の表情を浮かべる。

「まさか、そんなことが……。和泉という名は耳にした覚えがある。たしかに、幽閉されたとも聞いた。ただ、悪霊を大量に生み出したからだとばかり……」

八雲は深い溜息を落とした。

「和泉さまの幽閉を解くことはできないのでしょうか？　自分の息子を返してほしいのはわがままなのでしょうか？」

顔をゆがめながら語り続けた竹子を思い出すと、千鶴は苦しくてたまらない。

「それで大主さまか」

苦々しい顔で答える八雲は、手を顎に添えてなにかを考えている様子だ。

「もし私がその大主さまを知っていたとして、千鶴に会わせると思うか？」

「ご存じならば、どうか願いを聞き届けてください」

知っているような八雲の口ぶりに深々と頭を下げたが、なんの反応もない。

「私は……お前にそんな危ない橋を渡らせたくはない。ただ、もしかしたらお前はもうすでに大主さまと会っているかもしれない」

大主さまに？　そんな記憶はないのだけれど、どういうことなのだろう。

「それはどういう……」

「大主さまは、おそらく千鶴の一挙一動を観察なさっている。竹子と和泉と同じように、私たちの間にできるかもしれない子をさらうために」

千鶴は血の気が引くのを感じた。

八雲との子ができればそれはもう飛び上がるほどうれしいだろう。でも、いくら死神の頂点に君臨する方であっても渡せない。しかし、竹子の話ではこちらの意思など関係なく連れ去るという。むしろ、今まで八雲との間に子ができなくてよかったのかもしれない。

「大丈夫か？」

「……はい。私がすでに大主さまに会っているというのは？」

千鶴が知っている死神は、八雲と浅彦、そして松葉、あとは翡翠だけだ。死神は人間の世にも出没できるのだから、そちらでということだろうか。

「千鶴。約束してほしい」

「約束、とは？」

深刻な表情の八雲は、突然そう言い出した。

「竹子と和泉については、私も手を尽くそうと考えている」

「本当ですか？」

拒絶も覚悟でここまで来たが、聞き入れてもらえたようで安堵する。

「ただし、お前は決して危険なことに手を出してはならん。これは死神の問題だ」

「ですが！」

「何度言わせたらわかるのだ。お前は自分を犠牲にしすぎだ。私は、千鶴を苦しめるために妻に娶ったのではない。それなのに、こうして他人のためにわざわざ戻ってきて……。苦しむ覚悟などするな。私を悲しませるな」

「八雲さま……」

──私が苦しむと八雲さまは悲しいの？

ハッとした千鶴は、八雲を見つめる。

もう切れてしまったと思っていた絆は、まだ存在するのだろうか。

「これ以上無理だと私が判断したら引いてもらう。私の言うことは絶対だ。それが約束できるなら、大主さまと話をしてもいい」

やはり八雲は大主さまを知っているようだ。その強い忠告に背筋が伸びる。

「かしこまりました」

八雲の目を見て答えると、複雑な顔をしながらもうなずいてくれた。

翌晩は儀式がなく、大主さまとの接触を試みるという。

久しぶりの千鶴との触れ合いで遊び疲れた一之助を奥座敷に連れていった浅彦が、千鶴が待機していた八雲の部屋に顔を出した。

「一之助は眠りました」

「浅彦。なにかあったら一之助を守れ」

「御意」

八雲は大主さまをここに呼ぶのだろうか。

「千鶴。縁側で翡翠を呼んでくれ」

「翡翠さんを？　……わかりました。やってみます」

翡翠にも手伝ってもらうようだ。あれほど会ってはならないと警戒していたはずの彼女を呼べとは驚きだった。

とはいえ、千鶴のほうから呼んだことはない。いつもいつの間にか現れる。

とにかくやってみようと思った千鶴は、縁側で空に向かって声を張りあげた。

「翡翠さん。もし聞こえたら、お越しください」

翡翠も死神だ。儀式に赴いているかもしれないし、自分の声が届くのかどうかもわからない。

「翡翠さん。千鶴です。お会いしたいのです」

風が木々の葉を揺らす音だけが響く庭には、なんの変化もない。けれども、大主さまにつながるのなら、あきらめられない。

「翡翠さ――」

もう一度口を開いたそのとき、庭の片隅におぼろげな人形（ひとがた）が現れた。

そういえば、松葉は門から入ってくるが翡翠はいつも突然こうして姿を現す。

「こんばんは。呼んだかしら」

翡翠は完全に姿を現し、数歩距離を縮めてきた。

「はい。突然すみません」

千鶴は久々に翡翠の顔を見られたのがうれしくて頬が緩んだが、彼女の視線は千鶴のうしろに向いていた。

「はじめまして」

翡翠は口の端を上げて丁寧に会釈する。しかしその目は笑っておらず、背筋が凍るような威圧感があった。改めて彼女は死神なのだと思わされる。

「はじめまして、でしょうか？　大主さま」

翡翠に対して八雲が発した言葉に、千鶴の思考はしばし固まった。

「大主……さま？　八雲さま、大主さまではなく翡翠さんです」

「わかっている。翡翠が大主さまだ。そうでしょう？」

まさか……。

千鶴は腰を抜かしそうなほど仰天し、声も出ない。

松葉が話していた『尋常ではない強い気』というのは、翡翠が大主さまだという証拠？　力のある死神だから、こうして突然姿を現したりできるの？

「なに言ってるんだか」

翡翠は鼻で笑っている。

「私は少々人間の世の習慣に慣れすぎた。あちらでは男の立場が強い。だから大主さまは男だろうと思い込んでいたが、女だとしても不思議ではない」

驚きでただ瞬きを繰り返すだけの千鶴だったが、八雲の言葉に納得していた。千鶴も大主さまは男だとばかり思っていた。でも、男でなければならない理由などないはずだ。

「友が欲しいだとかもっともらしいことを口にしながら、私たちの間に子が誕生するのを待ち構えていたのではないですか？」

八雲の言葉を聞いた千鶴の肌が粟立ち始め、唇がわなわなと震える。

翡翠が、和泉と竹子の間に誕生した男児と同じように、自分たちの子を連れ去るために近づいたのだとしたら、その相手に心を開いた自分は、なんとおろかだったのだろう。

考えの浅い自分への怒りで、千鶴の頭は真っ白になる。

翡翠はしばらく黙っていたものの、あきらめたように口を開いた。

「これだから有能な死神は嫌いなの。友が呼ぶから来てあげたのに」

やはり、翡翠が大主さまだったのだ。

冷酷な表情で言い放つ翡翠は、千鶴の知っている彼女とはまるで違う。いつも朗らかに笑っていた姿はどこにも見えず、ゾクゾクするような威圧感と凍えるような冷たさを感じる。

恐怖のあまり千鶴が一歩あとずさると、八雲が前に出て千鶴を隠した。

「友？　千鶴の純粋な想いを汚さないでいただきたい」

「友よ。私は千鶴さんの孤独を受け止めてあげただけ。なにか悪いことをした？」

平然と言い放つ翡翠に、たしかに救われたところもあった。しかしその裏で、子を連れ去るつもりだったとしたら、ひどすぎる。

「それで、なんの用かしら」

先日まで千鶴の苦悩を受け止めて優しく包み込む母のような雰囲気だった翡翠が、刺々(とげとげ)しい。

「和泉の件だ」

八雲が和泉の名を出すと、翡翠はふっと笑った。

「気づいたの？」

「和泉の幽閉を解いてくれ。そしてふたりの子を返してくれ」

八雲は遠慮なしに核心に切り込んだ。

「どうして？　和泉の子は立派な死神に育ったし、もう和泉たちのことは覚えてないわ。今さら戻したところでなんになるの？」

八雲の背中に隠れて黙ってふたりのやり取りを聞いていた千鶴だったが、我慢できずに顔を出す。

「竹子さんは、今でも苦しんでいるんです。自分が生んだ息子に会いたいと思うのはあたり前の感情でしょう？　それに、和泉さまがなにをしたんですか？　自分たちの子を返してほしいと願うのは罪なのですか？」

「あらあら、そんな感情的になって。これだから人間は面倒なのよ」

悔しくて唇を噛みしめると、視界がにじんできて翡翠の姿がぼやけていく。

「千鶴を侮辱することは、私が許さん」

怒気を含んだ八雲の声が響く。

「八雲も余計な感情を覚えたわね。これからあなたが苦しむだけよ。ねぇ、千鶴さん。あなたは八雲が大切だったんじゃないの？　それなのに八雲を苦しめて楽しい？」

「違う……」

八雲を苦しめようと思ったことなど一度もない。たしかに、なにがあろうとも死ねない死神に、つらいとか悲しいというような負の感情を背負わせるのは酷かもしれない。けれども、八雲は知ることができてよかったと話してくれた。

「千鶴は私たちの感情を元に戻してくれただけだ。苦しいことはもちろんあるが、私は千鶴との血の通った言葉のやり取りが気に入っているのだ。翡翠は知らないだろうが、たとえつらいと思うことがあれども、それ以上の温かな感情を知っていれば乗り越えていける」

八雲の言葉を聞いた千鶴は、自分がしてきたことはきっと間違いではないと確信した。

「私たちはあなたの指示に従い、死者を黄泉へと導いている。これからもその役割はまっとうするつもりだ。ただし、和泉のように理不尽な理由で幽閉されてはたまらない」

「あなたは和泉に似ているわね。皆、私が大主だと知ればひれ伏すわよ。それなのに食ってかかってくるとは。有能だと思っていたのは間違いで、馬鹿なのかしら」

余裕の笑みを浮かべる翡翠は、眉をつり上げる八雲を前にしてもまったく動じない。死神の世の頂点に君臨する者の威厳があった。

「なんでも構わない。私は、死神の役割を千鶴に尊いものだと教えてもらった。だからこの先も滞りなく儀式を行うつもりだ。ただ、和泉を返してほしい。あなたが竹子や和泉から奪った時間は重い。記憶のない子は、和泉たちになんの感情も抱かぬかもしれぬ。しかし、親は子のことを忘れられるものではない」

八雲はひるむことなく主張する。

「そういうのを人間の世ではおせっかいというのよね、千鶴さん」

唐突に話を振られて千鶴は驚いたものの、首を横に振る。

「おせっかいなんかではありません。お願いです。竹子さんがどれだけ苦しんだか。死を願ってもその時刻がやってくるまでは黄泉に行けないのを知っていて、必死に生きてこられたんです。どうか、和泉さまを——」

「ほら、余計な感情があると苦しいだけじゃない。和泉や子のことなんて忘れて楽しく生きていればよかったのに。まあ、人間だから無理でしょうけど」

「ひどい」

どうしてそんなに軽々しく言えるのだろう。

竹子の無念の涙を見ている千鶴は、怒りで心が震えた。

「なんとでも言いなさい。私には私の役割がある。人間はどんどんその数を増やしていく。死神が増えなければ、いつか儀式が間に合わなくなるでしょう？」

「私が和泉さまの子の代わりに死神として働けないでしょうか？　そうすれば、その子は自由に――」

千鶴の少しうしろでずっと口を閉ざしていた浅彦が自分を身代わりにと申し出たが、翡翠は高らかに笑う。

「あなた、図々しいのね。そんな力が自分にあると思っているの？　死神の濃い血を持つ者はとても貴重なの。あなたのような元人間がどれだけ鍛錬を積んでも追いつかないほど優秀に育つ。八雲と自分の違いを、あなたが一番感じているのでは？」

「それは……」

――やめて。浅彦さんまで傷つけないで。

千鶴は心の中で叫ぶ。友だと信じて疑わなかった翡翠の冷酷な言葉に反論したくて、すーっと大きく息を吸った。

「翡翠さ――」

「あなたたち、他人の心配をしている場合かしら？」

千鶴を遮った翡翠は、冷笑を浮かべる。

「どういう意味だ」

八雲が険しい顔で問う。翡翠は緊張感のない表情で、しかしどこか挑発的な視線を千鶴に向けた。

「千鶴さん。あなた、八雲の子を宿しているわよ」

「えっ……」

千鶴は自分の腹を押さえて、目を見開いた。

ここに子が？　八雲さまとの間に、子を授かれたの？

半信半疑ながらも、天にも昇る心地で満たされて喜びの声をあげそうになる。しかし竹子の涙を思い出し、すぐに気持ちを引き締めた。死神の子の行く末をなにも知らなかった頃とは違う。素直に喜んでいいのかどうかわからないのだ。

「よかったわね」

翡翠の作ったような笑みが千鶴の緊張を煽る。この子もさらうつもりだとしたら、一瞬たりとも隙を見せてはならないと身構えた。

「本当におめでたいわ。優秀な死神が誕生しそうね」

抑揚のない声で話す翡翠の顔から笑みが消え、ゾクッとするような冷たい表情に変わる。瞬時に空気が張り詰めて、息を呑んだ。

「……もちろん、私がいただくけど」

「そんな」

あまりに勝手な考えを悪びれもせずにあっさりと口にする翡翠に、千鶴は怒りを覚えた。命がけで生んだ子を奪われる母の気持ちを考えたら、そんなことはできないはずだ。

これも、感情というものが欠けている死神だからできる行いなのだろうか。いや、たとえ感情の存在に気づく前でも、八雲なら絶対にそんなことはしない。

「翡翠さんは、私の苦しみに寄り添ってくれていたのではないんですか？」

「苦しみねぇ。私はそういうの、よく理解できないの。事実は事実として受け止めればいいのに、どうして泣くのかしら？　と思ってたわ。でもそのまま伝えると、千鶴さんの友ではいられなくなるでしょう？」

だから、悲しみに共感を示し、慰めている振りをしていたというの？

あきれる、というよりは、まったく理解できないと言ったほうが正しい。

「そんなの、友じゃない」

「あら、そうかしら？　人間もそうじゃない。仲がいいように見えて、裏では陰口を叩いてたりする。上辺だけ取り繕っておけば友なのでしょう？」

千鶴はひりつくような心の痛みを感じて立ち尽くしていた。

これはただの詭弁（きべん）だ。翡翠は間違いなく、千鶴の思う友がどんなものか知っていて、その関係を利用したのだ。

「翡翠！」

八雲は鋭く刺さるようなとがった声で翡翠の名を呼び、庭へと下りていく。

「どうしてそんなに興奮してるの？　感情なんてものを持つとこうなるの。ほんとに面倒ね」

怒りをあらわにする八雲とは対照的に、翡翠はいたって冷静で怖いくらいだ。

「千鶴を裏切って楽しいか？　ほかの者が苦しんでいても、少しもここは痛まぬのか？」

翡翠の目の前まで行った八雲は、自分の胸を叩いて訴える。すると翡翠はかすかに眉を上げたあと口元を緩めた。

「八雲だって、今まで痛くなかったでしょう？　せっかく痛まないように育ててあげたのに、千鶴さんが台無しにしたのね」

「千鶴のせいではない！」

八雲は翡翠の襟元をつかみ、今にも殴りかからん勢いだ。それなのに、翡翠はまったく動じる様子もなく余裕の笑みを浮かべる。

「有能だと思っていたのはやっぱり間違いみたい。私は口答えを許した覚えはないわよ。放してくれない」

翡翠はそう言うが、八雲は引かない。

「自分の意思通りに動かなければ、威圧して口封じをする。そんなやり方は間違っている」

「間違っているかいないかを決めるのは八雲ではない。私だ。黙りなさい」

翡翠の口調が、友から君主のそれへと変わっていく。

「感情を持たせないようにするのは、本当に永遠に生き続けなければならない我々を想ってのことですか？　自分に歯向かう存在を作りたくなかっただけでは？」

「私は黙れと言っているのだ。妻の前で幽閉されたいのか」

核心を突いたような八雲の問いかけに、翡翠は怒りをむき出しにした。

「やめて」

幽閉という言葉に青ざめる千鶴は、縁側から庭に飛び下りてふたりのもとに駆けつけ、八雲の腕を引く。

ようやく翡翠から手を離した八雲は、千鶴をすぐさま背に隠した。

「まあ、いいわ。健気な奥さまに免じて、今日は許してあげる。だけど、忘れないで。あなたたちは、私の意のままに動くしかない。せいぜいその子を大切にしてね。八雲のような偏屈な父親を持っていたとしても、私が優秀な死神に育ててあげるから。それじゃあ、またね」

いつもと同じ挨拶をした翡翠は、千鶴たちの前からふっと姿を消した。

「なんで……」

「千鶴」

あまりにひどい仕打ちに顔をゆがめると、八雲が強く抱きしめてくれる。

「ごめんなさい。八雲さまの言う通りでした。簡単に翡翠さんを信じてしまうなんて、私……」

友が欲しいと言われて、警戒を解いた自分が恥ずかしい。

「千鶴のせいではない。千鶴の優しさにつけ込んだ翡翠が悪いのだ。あまり気に病むな。腹の子に伝わるぞ」

本当に、ここに新しい命が宿っているの？

千鶴はもう一度自分の下腹部に触れた。

「翡翠さんは、本当のことを言っているのでしょうか？」

問うと、手の力を緩めた八雲は、千鶴の目をまっすぐに見つめてうなずく。

「おそらく。翡翠は魂の流転くらい把握しているはずだ。それに千鶴に近づいたのは、子が宿るとわかっていたからだろう」

あれほど待ちわびた八雲との間の子がここにいるとわかっても、この状況では手放しで喜べない。

「この子は私たちの子です」

「もちろんだ。なにも心配はいらない。私にすべて任せなさい。千鶴は必ず守るし、もちろん腹の子も渡さない」

八雲の力強い言葉がうれしいのに、混乱していてうなずけない。

「無鉄砲に正しい道を求めるのが千鶴ではないのか？　私たちにとって大主さまの存在は大きい。記憶にはないが、私たちは大主さまに一人前にしてもらった。ただ、大主さまのやり方だけが正しい道だとは限らない」

「えっ……」

「私に感情というものを教えてくれたのは千鶴だ。残忍な死に目に会えばここがぎゅうと痛くなる」

八雲は自分の胸に手を置いて続ける。

「しかし、お前と過ごす時間の楽しさや喜びが、それを帳消しにしてくれる。翡翠は、死神は感情を持つべきではないと言うが、必ずしもそうではない。私は、苦しさを感じるようになっても、千鶴とともに過ごせる心地よさを知ることができてよかったと思っている。翡翠の信じる道が正しくないと、私たちが明らかにすればいい」

八雲は千鶴をもう一度抱き寄せた。落ち着き払っているとばかり思っていたのに、彼の心臓の鼓動が速い。

「千鶴。子ができたではないか」

「……はい」

声の調子は弾んでいるけれど、八雲は本当に喜んでいるのだろうか。それとも、動揺する自分を励ますためにそういう振りをしている？

千鶴は八雲の胸の内が知りたいような知りたくないような、複雑な気持ちで動けなかった。

「こちらの世にいると、お前の友のように両親と子の誕生を分かち合うことができないかもしれない。人間が求める平穏な生活も叶えてやれないかもしれない。それでも、私とともに歩む覚悟はあるか?」

千鶴の背に回した手の力を緩めて視線を合わせてくる八雲の問いかけに、心臓がドクッと大きな音を立てる。

「八雲さま……。もちろんです」

「枷などと言って悪かった。私は……いつまでも千鶴とともにありたい」

八雲の真摯な告白に、はらはらと涙が流れ出す。これは愛する人に自分を受け入れてもらえるという、安堵と感激の涙だ。

竹子が話していた通りだったのかもしれない。八雲は、腕に我が子を抱く光江をうらやましそうにしていた自分を見て、その願いを叶えてやれないのならと、〝枷〟という強い言葉で追い出したに違いない。あれはきっと、八雲の優しすぎる嘘だったのだ。

「ありがとうございます」

「子は、私たちの手で必ず育てる」

「でも……」

翡翠の余裕ある態度を思い出すと、冷静ではいられない。まるで私に逆らえるわけがないと挑発されているかのようだった。

和泉と竹子のように、子を連れ去られて八雲まで幽閉されたら……と考えると、恐怖で体が縮み上がる。

「いつもの威勢はどこに行った。私はそんなに頼りないか？」

「まさか」

「ならば、信じてついてきなさい。必ず子は守るし、私もやすやすと幽閉されたりはしない。和泉と同じ轍は踏むまい。もちろん、和泉も救い出す」

八雲がそう言うのなら信じればいいのかもしれない。八雲は決して裏切らないと知っているからだ。

「はい。私もこの子と八雲さまを守りたい」

「それは頼もしい」

八雲は穏やかな笑みを浮かべて千鶴の頭を撫でた。

「浅彦」

八雲は庭に下りていた浅彦に視線を向ける。

「はい」

「私たちに巻き込まれてくれるか？」

八雲の意外な問いに、浅彦は一瞬、不思議そうな顔をする。しかし、すぐにうなずいた。

「もちろんでございます。私の主は八雲さまだけ。どこまでもお供いたします」

浅彦は妙にうれしそうな表情で答えると「お疲れでしょう？　布団を用意してまいります」と屋敷の中に入っていった。

浅彦は気を利かせたらしく、八雲の部屋に千鶴の褥を用意していた。

久しぶりの八雲の腕の中は温かくて離れたくない。

「千鶴。私は子がどう育つかなんてさっぱりわからぬ。どうすればいいのだ？」

どんなときでも千鶴の悩みを解消してみせる八雲が、そんなふうに問うのがおかしい。

「私も初めてですから、よくわかりません。本当に、ここにいるのかな……」

新しい命が宿ったという感覚はまったくない。体調を崩す者も多いと聞くけれど、いたって元気だ。

千鶴はまだ夢見心地だった。

「私に子ができるとは、信じられないな。お前に出会ってから世界が広がっていく」

八雲は千鶴の腹にそっと手を置き、ささやいた。

「きっとこの子がもっと広げてくれます」

八雲を信じると決めたとはいえ、不安がなくなったわけではない。気丈に振る舞っていた竹子が号泣する姿を目の当たりにした千鶴は、どうしても怖いという感覚を拭えず気が張っている。ただ、ここに子が宿っているのだから、なにがあろうとも守るつもりだ。そして和泉と竹子をなんとしてでも救う。

翡翠に『優秀な死神が誕生しそうね。……もちろん、私がいただくけど』と宣言されたときは卒倒しそうだったが、次第に落ち着きを取り戻してきた。

「以前にも少し話したが、子は誕生させるだけでなく、愛情を注ぎ続けなければ本当の親子にはなれないのかもしれないと私は考えている」

「そう、ですね。だからこそ、この子は渡せません」

「もちろんだ。私が必ず守るから、なにも心配いらない」

八雲があまりに穏やかに語るので、張り詰めていた心が緩んでいく。千鶴は自分から八雲の厚い胸板に頬をつけた。こうしていると落ち着くのだ。

「ただひとつ、言っておかねばならぬことがある」

「なんでしょう？」

千鶴が顔を上げて八雲を見つめると、彼は話し始めた。

「お前はひとりでなにもかも解決しようとするきらいがある。勝手に推察をして自分を納得させて……その過程が苦しくてもひたすら耐え忍び、自分を犠牲にまでする」

八雲の指摘に心当たりがありすぎて、目が泳ぐ。

昨晩も『苦しむ覚悟などするな。私を悲しませるな』と叱られたが、まさか自分の遠慮や我慢が八雲をそこまでやきもきさせているとは思わなかった。

「心に抱え込まずに、私に話してくれ」

「はい。申し訳ありません」

千鶴が謝ると、八雲はなぜかばつの悪そうな顔をする。

「……まあ、私にも責任はある。言葉が足らないと浅彦に叱られた」

「浅彦さんに？」

八雲が浅彦に叱られる姿なんて想像できないけれど、そういえば千鶴も浅彦に、八雲に遠慮なくぶつかれと励まされた。

八雲の従順な従者は、八雲や自分をよく理解してくれている。

「浅彦に叱られるとは、屈辱だ」

そう吐き捨てながらも目が笑っている。

「千鶴。私たちは夫婦の契りを交わした。互いに至らぬことはあるし、考えが同じだとは限らない。しかし、千鶴とは次の世までも手と手を取り合って生きていきたい。

私にもっと胸の内を明かしてくれ。私もそうする」

「はい」

この先も八雲と生きていけるといううれしさで千鶴の心は弾む。しかし、じわじわと瞳が潤んできた。

「どうした？」

慌てる八雲は、体を起こして千鶴の顔を覗き込んだ。

「……人間は、うれしいときにも涙が流れるものなのですよ」

声を震わせながら伝えると、八雲の薄い唇の端が上がる。

「そうか。またひとつ学んだ」

八雲は優しい笑みを浮かべ、千鶴のまぶたにそっと唇を寄せた。

――本書のプロフィール――

本書は書き下ろしです。

小学館文庫

死神の初恋
愛満つる夜に願いを

著者　朝比奈希夜

二〇二二年七月十一日　初版第一刷発行

発行人　石川和男

発行所　株式会社 小学館
〒一〇一-八〇〇一
東京都千代田区一ツ橋二-三-一
電話　編集〇三-三二三〇-五六一六
　　　販売〇三-五二八一-三五五五

印刷所 ——— 凸版印刷株式会社

この文庫の詳しい内容はインターネットで24時間ご覧になれます。
小学館公式ホームページ　http://www.shogakukan.co.jp

ISBN978-4-09-407160-3